Silvio Pellico

Dei doveri degli uomini

Texte et illustration de couverture : © domaine public
Edition : Culturea (Hérault, 34)
Contact : infos@culturea.fr
Retrouvez notre catalogue sur http://culturea.fr
Imprimé en Allemagne par Books on Demand
Design typographique : Derek Murphy
Layout : Reedsy (https://reedsy.com/)

Dépôt légal : janvier 2023

ISBN : 9791041846085

DEI DOVERI
DEGLI UOMINI

DISCORSO
DI SILVIO PELLICO

AVVERTENZA

Procaccia pure che la tua favèlla sia grata per la buona scelta delle espressioni e per l'opportuna modulazione della voce. Chi parla amabilmente allètta quelli che l'ascoltano, e quindi, allorchè tratterassi di persuaderli al bène o rimuoverli dal male, avrà più potenza su loro. Siamo obbligati di perfezionare tutti gli stromènti che Dio ci dà per giovare a' nostri simili; e quindi anche il mòdo di significare i nòstri pensièri.

Pellico: Doveri

Questo discorso è dirètto ad un solo: ma lo pubblico, sperando pòssa èssere utile alla gioventù in generale.

Non è un trattato scientifico, non sono indagini recòndite stai doveri. Mi pare che l'obbligazione di èssere onèsto e religioso non abbia d'uopo di venir provata con ingegnosi argomenti. Chi non tròva tai pròve nella sua cosciènza, non le troverà mai in un libro. È qui una pura enumerazione dei doveri che l'uòmo incontra nella sua vita; un invito a porvi mente ed a seguirli con generosa costanza.

Mi sono proposto d'evitare ogni pompa di pensièri e di stile. Il soggètto sembravami esigere la più schietta semplicità.

Gioventù della mia patria, òffro a te questo picciolo volume, con desidèrio intènso che ti sia stimolo a virtù e coòperi a rènderti felice.

CAPO PRIMO.

Necessità e pregio del dovere.

All'idèa del dovere l'uòmo non può sottrarsi, ei non può non sentire l'importanza di questa idea. Il dovere è attaccato inevitabilmente al nòstro essere; ce n'avvèrte la coscienza fin da quando cominciamo appena ad avere uso di ragione; ce n'avvèrte più fòrte al crescere della ragione, e sèmpre più fòrte quanto più questo si svòlge. Parimenti tutto ciò ch'è fuòri di noi ce ne avvèrte, perchè tutto si règge per una legge armoniosa ed etèrna: tutto ha una destinazione collegata ad esprimere la sapiènza e ad eseguire la volontà di quell'Ènte che è causa e fine d'ogni còsa.

L'uomo pure ha una destinazione, una natura. Bisogna ch'ei sia ciò ch'ei debb'èssere, o non è stimato degli altri, non è stimato da sè medesimo, non è felice. Sua natura è d'aspirare alla felicità ed intendere e provare che non può giungervi se non essèndo buòno, cioè essèndo ciò che dimanda il suo bène in accòrdo col sistema dell'univèrso, colle mire di Dio.

Se nel tèmpo della passione siamo tentati di chiamare nostro bène ciò che s'oppone al bène altrui all'ordine, non possiamo però persuadèrcene; la cosciènza grida di nò. E cessata la passione, tutto ciò che s'oppone al bène altrui, all'ordine, mette sèmpre orrore.

L'adempimento del dovere è talmente necessario al nòstro bène che pure i dolori e la mòrte, che sembrano èssere il più immediato nòstro danno, si cangiano in voluttà per la mente dell'uòmo generoso che patisce e muòre coll'intenzione di giovare al pròssimo, o di conformarsi agli adorabili cenni dell'Onnipotènte.

Èssere l'uòmo ciò che ei dèbb'èssere, è dunque ad un tèmpo la definizione del dovere e quella della felicità. La religione esprime sublimemente questa verità, col dire che egli è fatto ad immagine di Dio. Suo dovere e sua felicità sono d'èssere quest'immagine, di non voler èssere altra còsa, di voler èssere buòno, perchè Dio è buòno e gli ha dato per destinazione d'innalzarsi a tutte le virtù e diventare uno con Lui.

CAPO SECONDO.

Amore della verità.

Il primo de' nostri doveri si è l'amore della verità, e la fede in essa.

La verità è Dio. Amare Dio ed amare la verità sono la stessa còsa.

Invigorisciti, o amico, a volere la verità, a non lasciarti abbagliare dalla falsa eloquènza di que' melanconici e rabbiosi sofisti che s'industriano a gettar dubbi sconfortanti sopra ogni còsa.

La ragione a nulla sèrve, e anzi nuòce, quando si vòlge a combattere il vero, a screditarlo, a sostenere ignobili supposizioni; quando traèndo disperate conseguènze dai mali ond'è sparsa la vita, nega la vita èssere un bène; quando, annoveráti alcuni apparènti disordini nell'univèrso, non vuòle riconoscervi un ordine; quando, colpita dalla palpabilità e dalla mòrte de' còrpi, abbòrre dal credere un io tutto spirito e non mortale; quando chiama sogni le distinzioni tra vizio e virtù; quando vuòl vedere nell'uòmo una fièra e nulla di divino.

Se l'uòmo e la natura fossero còsa sì abbominevole e sì vile, perchè pèrdere il tèmpo a filosofare? Bisògnerèbbe uccidersi: la ragione non potrèbbe consigliare altro.

Dacchè la cosciènza dice a tutti di vivere (l'eccezione di alcuni infermi d'intellètto nulla conclude); dacchè viviamo per anelàre al bène; dacchè sentiamo che il bène dell'uòmo è non già d'avvilirsi e di confondersi co' vermi, ma di nobilitarsi e d'innalzarsi a Dio: chiaro è non èsservi altro sano uso della ragione, se non quello che fornisce all'uòmo un'alta idèa della sua possibile dignità e che lo spinge a conseguirla.

Ciò riconosciuto, diamo arditamente bando allo scetticismo, al cinismo, a tutte le filosofie degradanti; imponiamoci di credere al vero, al bèllo, al buòno. Per credere, è d'uòpo voler credere, è d'uòpo amare fortemente il vero.

Solo questo amore può dare energia all'anima; chi si compiace di languire ne' dubbi la snèrva.

Alla fede in tutti i retti principii aggiungi il proponimento d'èssere tu medesimo sèmpre l'espressione della verità in tutte le tue paròle ed in tutte l'òpere tue.

La cosciènza dell'uòmo non ha ripòso se non nella verità. Chi mènte, se anche non viène scoperto ha la punizione in sè medesimo; egli sènte che tradisce un dovere e si degrada.

Per non prèndere la vile abitudine di mentire, non v'è altro mèzzo che stabilire di non mentir mai.

Se si fa una eccezione a questo proponimento, non vi sarà ragione di non farne due, di non farne cinquanta, di non farne senza fine. E così è che tanti a grado a grado divèntano orribilmente proclivi a fingere, ad esagerare e fino a calunniare.

I tèmpi più corrotti sono quelli in cui più si mènte. Allora la diffidènza generale, la diffidènza fino tra padre e figlio; allora l'intemperante moltiplicazione delle protèste, de' giuramenti e delle perfidie; allora nella diversità delle opinioni politiche, religiose ed anche soltanto letterarie un continuo stimolo ad inventar fatti ed intenzioni denigranti contro l'altra parte; allora la persuasione che sia lecito deprimere in qualunque mòdo gli avversarii; allora la smania di cercare testimonianze contro altrui e, trovàtene di tali la cui leggerezza e falsità, è manifèsta l'impegnarsi a sostenerle, a magnificarle, a finger di crederle valevoli. Coloro che non hanno semplicità di cuòre stimano sèmpre doppio il cuòre altrui. Se uno che loro non piaccia, parla, pretèndono che tutto sia detto da lui a mal fine; se uno che loro non piaccia, prèga, o fa elemòsina: ringraziano il cièlo di non èssere ipòcrita come lui.

Tu, sebbèn nato in secolo in cui il mentire ed il diffidare con eccèsso sono còsa sì comune, tiènti egualmente puro da que' vizi. Sii generosamente disposto a credere alla verità altrui, e s'altri non crede alla tua non adirartene; ti basti che splenda

Agli òcchi di Colui che tutto vede.

CAPO TERZO.

Religione.

Ponèndo per fermo che l'uòmo è dappiù del bruto e ch'egli ha in sè alcun che di divino, dobbiamo aver somma stima di tutti que' sentimenti che valgono a nobilitarlo: ed essèndo evidènte che niun sentimento tanto lo nobilita quanto d'aspirare, malgrado le sue misèrie, alla perfezione, alla felicità, a Dio, fòrz'è riconoscere l'eccellènza della religione e coltivarla.

Non ti sgomentino nè i molti ipòcriti nè quei beffardi che avranno l'ardire di chiamarti ipòcrita perchè religioso. Senza fòrza d'animo non si possède alcuna virtù, non s'adempie alcun altro dovere: anche per èssere pio, bisogna non èssere pusillanime.

Meno ancòra ti sgomenti l'èssere associato, come cristiano, con molti volgari ingegni, poco atti a capire tutto il sublime della religione. Perchè anche il volgo può e dèbb'èssere religioso: non è vero che la religione sia una volgarità. L'ignorante pure è obbligato all'onestà; arrossirà perciò l'uomo colto d'èssere onèsto?

I tuòi studi e la tua religione t'hanno recato a conoscere non èsservi religione più pura del cristianesimo, più esènte d'errori, più splèndida di santità, più manifestamente il carattere di divina. Non havvene altra che abbia tanto influito ad avanzare e generalizzare l'incivilimento ed abolire o mitigare la schiavitù, a far sentire a tutti i mortali la loro fratellanza innanzi a Dio, la loro fratellanza con Dio stesso.

Poni mente a tutto ciò ed in particolare alla solidità delle sue pròve stòriche: queste sono tali da règgere ad ogni spassionato esame.

E per non andare illuso da sofismi contro il valore di quelle pròve, congiungi all'esame la rimembranza del gran numero d'uòmini sommi che perfètte le riconobbero, da alcuni dei robusti pensatori del nòstro tèmpo sino a Dante, sino a san Tomaso, sino a sant'Agostino, sino ai primi padri della Chièsa.

Ogni nazione t'òffre illustri nomi che nessun incrèdulo osa sprezzare.

Il cèlebre Bacone, tanto vantato dalla scuòla empirica, bèn lungi dall'èssere incredulo come i più caldi suòi panegiristi, si professò sèmpre cristiano. Cristiano èra Gròzio sebbène in alcune còse abbia errato, e scrisse un trattato Della verità della religione. Leibnizio fu uno dei più ardènti sostenitori del cristianesimo. Newton non si vergognò di comporre un trattato Sulla concordia dei vangèli. Locke scrisse Del cristianesimo ragionevole. Il nòstro Vòlta èra sommo fisico ed uòmo di vasta coltura, e fu tutta la vita virtuosissimo cattòlico. Siffatte menti e tante altre valgono cèrto alcun che per attestare il cristianesimo èssere in perfetta armonia col senno, con quel senno, cioè, ch'è molteplice nelle sue cognizioni e nelle sue ricerche, non ristretto, non unilatere, non pervertito dalla libidine dello scherno e della irreligione.

CAPO QUARTO.

Alcune citazioni.

Fra gli uòmini rinomati nel mondo se ne annòverano alcuni irreligiosi, e non pòchi pièni d'errori o di inconseguènze in punto di fede. Ma che perciò? Tanto contro il cristianesimo in generale, quanto contro il cattolicismo, asserirono e nulla provarono; ed i principali tra loro non poterono evitare, in questa od in quella delle loro opère, di convenire della sapiènza di quella religione che odiavano, o che sì male eseguivano.

Le seguenti citazioni, sebbène non abbiano più il prègio della novità, nulla pèrdono della loro importanza, e giova qui ripèterle:

G. Giacomo Rousseau scrisse nel suo Emilio queste memorande parole:

«Confèsso che la maestà delle Scritture mi stupisce; la santità del Vangelo mi parla al cuòre.... Mirate i libri dei filòsofi con tutta la loro pompa; quanto sono piccoli prèsso questo!.... Possibile che un libro ad un tempo sì sublime e sì semplice sia òpera d'uomini? Possibile che Colui del quale esso rèca la stòria non sia che uòmo?... I fatti di Sòcrate, de' quali niuno dubita, sono assai meno attestati di quelli di Gesù Cristo. Inoltre sarèbbe allontanare la difficoltà e non distruggerla; sarèbbe più incomprensibile come parecchi uòmini concòrdi avessero foggiato questo libro che non sialo che un solo abbiane fornito il soggètto... Ed il Vangèlo ha caratteri di verità così luminosi, così perfettamente imitabili, che l'inventore di esso sarèbbe più maraviglioso dell'eròe.»

Lo stesso Rousseau dice ancòra:

«Fuggite quegli uòmini che, sotto pretèsto di spiegare la natura, spargono ne' cuòri dottrine desolanti.... Rovesciando, struggèndo, calpestando tutto ciò che gli uòmini rispèttano, tòlgono agli afflitti l'ultima consolazione della loro miseria, a' potènti ed a' ricchi il solo freno delle loro passioni; strappano dal fondo de' cuori il rimòrso del delitto, la speranza della virtù, e vantansi d'èssere i benefattori del gènere umano. Non mai la verità (van dicèndo) è nociva agli uòmini. Così credo pur io; ed è, a parer mio, una pròva che ciò che insegnano non è verità....»

Montesquieu, benchè non irreprensibile in fatto di religione, si sdegnava di coloro che attribuiscono al cristianesimo colpe che non ha.

«Bayle, dic'egli, dopo di aver insultato a tutte le religioni, vilipènde la cristiana. Ardisce d'asserire che veri cristiani non formerèbbero uno Stato il quale potesse sussistere. Perchè no? Sarèbbero cittadini sommamente illuminati sui loro doveri e che avrèbbero grandissimo zèlo per adempirli. Sentirèbbero benissimo i diritti della difesa naturale; quanto più crederèbbero di dovere alla religione, tanto più crederèbbero di dovere alla patria... Cosa mirabile! La religione cristiana, che non sembra avere per oggètto se non la felicità dell'altra vita, fa ancòra la felicità nòstra in questa (v. Spirito delle leggi, lib. III, cap. VI).

E più oltre:

«Egli è un ragionare malamente contro alla religione, l'adunare in una grand'òpera una lunga enumerazione de' mali che con lèi vennero, se non si fa pure quella dei bèni da lèi cagionati... Chi volesse raccontare tutti i mali prodotti nel mondo dalle leggi civili, dalla monarchia, dal govèrno repubblicano, dirèbbe còse spaventevoli... Se ci sovvenissero le stragi continue de' re e dei capitani grèci e romani, la distruzione de' pòpoli e delle città fatta da que' condottièri, le violènze di Timur e di Gengiskan che devastarono l'Asia, troveremmo che dèesi al cristianesimo e nel govèrno un certo diritto politico, e nella guèrra un cèrto diritto delle gènti, delle quali còse la natura umana non potrèbb'èssere abbastanza grata (ivi, l. XXIV, c. II. e III).》

Il grande Byron, ingegno meraviglioso, che sì sciaguratamente s'avvezzò ad idolatrare or la virtù ora il vizio, or la verità or l'errore, ma che pur èra tormentato da viva sete di verità e di virtù, attestò la venerazione ch'egli èra costretto d'avere pèr la dottrina cattòlica. Vòlle che fossa educata cattolicamente una sua figlia; ed è nota una lèttera di lui dove, parlando di questa risoluzione, dice aver così voluto, perchè in niuna chièsa gli appariva tanta luce di verità quanto nella cattolica.

L'amico di Byron ed il più alto poèta che sia rimasto d'Inghilterra dopo di lui, Tomaso Moore, dopo èssere stato dubbio lunghi anni sulla scelta d'una religione, fece studi profondi sul cristianesimo, ravvisò non avervi mòdo di èssere cristiano e buòn logico senza èssere cattòlico, e scrisse le indagini da lui fatte e l'irresistibile conclusione a cui gli fu fòrza venire.

《Salute, sclama egli, salute, o Chièsa una e verace! O tu che sèi l'unica via della vita, ed i cui tabernacoli soli non conoscono la confusione delle lingue! L'anima mia ripòsi all'ombra de' tuoi santi mistèri: lunge da me egualmente e l'empietà che insulta all'oscurità loro, e la fede imprudènte che vorrèbbe scandagliare il loro secreto. All'una ed all'altra rivòlgo il linguaggio di sant'Agostino: Tu ragiona, io ammiro; disputa, io crederò; veggo l'altezza, sebbène io non pervènga a tutta la profondità》

CAPO QUINTO.

Proponimento sulla religione.

Le accennate considerazioni e le infinite pròve che stanno a favore del cristianesimo e della sola nostra Chièsa ti facciano ripètere simili parole: ti facciano dire risolutamente:
– Vòglio èssere insensibile a tutti quegli argomenti sèmpre speciosi ed inconcludentissimi còn cui la mia religione è attaccata. Vedo non èssere vero ch'ella si opponga ai lumi. Vedo non èssere vero che convenisse in tempi rozzi e non più ora, giacchè, dopo aver convenuto alla civiltà romana, agli stati variatissimi del èvo mèdio, convenne a tutti i popoli che dopo il mèdio èvo tornarono ad incivilirsi, e conviène pur oggi ad intellètti i quali non cèdono in elevazione ad alcuno. Vedo che da' primi eresiarchi sino alla scuòla di Voltaire e compagni, e poi sino ai San-Simoniani de' nostri dì, tutti si vantarono d'insegnar còsa migliore, e nessuno potè mai. Dunque? Dunque, mentre mi glòrio d'essere nemico della barbarie ed amico dei lumi, mi glòrio d'èssere cattòlico, e compiango chi mi deride, chi ostènta di confondermi co' superstiziosi e co' farisei.
Ciò veduto e protestato, sii coerènte e fermo. Onora la religione quanto più puòi co' tuòi affètti e col tuo ingegno, e professala fra credènti e fra non credènti. Ma professala non con adempire freddamente e materialmente le pratiche del culto, bensì animando l'osservanza di quelle pratiche con pensièri elevati; innalzandoti ad ammirare la sublimità de' mistèri senza volerli arrogantemente spiegare; penetrandoti delle virtù che ne derivano e non dimenticando mai che la sola adorazione delle preci nulla vale, se non ci proponiamo di adorar Dio in tutte le nòstre òpere.

Alla mente d'alcuni splènde la bellezza e la verità della religione cattòlica; sèntono che niuna filosofia può èssere più di lèi filosofica, più di lèi avvèrsa ad ogni ingiustizia, più di lèi amica di tutti i vantaggi dell'uòmo, – e nondimeno seguono la trista corrènte, vivono come se il cristianesimo fosse un affare di volgo, e l'uòmo gentile non dovesse parteciparvi. Quelli sono più colpevoli dei veri increduli, e ve n'ha molti.

Io, che fui di siffatti, so che non si èsce di quello stato senza sfòrzo. Operalo, se tu mai vi cadi. L'altrui scherno nulla pòssa su te quando si tratta di confessare un degno sentimento; il più degno de' sentimenti si è quello di amar Dio.

Ma nel caso che tu abbia a passare da false dottrine o da indifferenza alla sincera professione della fede, non dare agl'incrèduli lo scandaloso spettacolo della ridicola bacchettoneria e de' pusillanimi scrupoli; sii umile innanzi a Dio ed innanzi ai mortali, ma non èssere mai dimentico della tua dignità di uòmo nè apostata della sana ragione. La sola ragione di chi insuperbisce ed òdia è contraria al Vangelo.

CAPO SESTO.

Filantropia o carità.

Unicamente mediante la religione l'uòmo sènte il dovere d'una schiètta filantropia, d'una schiètta carità.

La parola carità è stupènda voce, ma anche quella di filantropia, sebbène molti sofisti n'abbiano abusato, è santa. L'Apòstolo se ne servì per significare amore dell'umanità, ed anzi l'applicò a quell'amore dell'umanità ch'è in Dio medesimo. Leggesi nell'Epistola a Tito, c. II. 11 Hote he chrestotes kai he philanthropia epephane tou soteros hemon Theou (quando apparve la benignità e la filantropia del salvator nòstro Iddio....).

L'Onnipotènte ama gli uòmini e vuòle che ciascuno di noi gli ami. Non c'è dato, come già notammo, èsser buòni, èsser contènti di noi, stimarci, se non a condizione d'imitare Lui in questo generoso amore: desiderare virtù e felicità al nòstro pròssimo, beneficarlo ove possiamo.

Quest'amore comprènde quasi ogni umano prègio ed è fino parte essenzialissima dell'amore che dobbiamo a Dio, siccome da parecchi sublimi passi de' Libri Sacri e notabilmente da questo:

《Il re dirà a coloro che saranno a sua dèstra: Venite, o benedetti dal Padre mio, possedete il regno a voi preparato sin dalla costruzione del mondo. Ebbi fame, e mi deste da mangiare; ebbi sete, e mi deste da bere; fui stranièro, e m'accoglieste; nudo, e mi copriste; infermo, e mi visitaste; carcerato, e veniste a me. Allora gli risponderanno i giusti dicèndo: Signore, e quando ti vedemmo noi famèlico, e ti pascemmo? sitibondo, e ti demmo da bere? quando vedemmoti stranièro, e t'accogliemmo? e nudo e ti coprimmo? e quando vedemmoti infermo od in carcere, e venimmo a te? E rispondendo il re, dirà loro: Sì, vi dico: ogni vòlta che ciò faceste ad uno di questi mièi fratèlli, per quanto picciolo fosse, a me il faceste (Matt. c XXV).》

Formiamoci dell'uòmo un tipo elevato nella mente e procacciamo d'assomigliarci a lui. Ma che dico? il tipo ci è dato dalla nòstra religione; e oh di qual eccellènza! Colui ch'ella ci offre da imitare è l'uòmo fòrte e mansuèto in sommo grado. – il nemico irreconciliabile dell'oppressione e dell'ipocrisia, – il filantropo che tutto perdona, fuòrchè la malvagità impenitènte, – quegli che può vendicarsi e non vuole, – quegli che s'affratèlla a' pòveri e non imprèca a' fortunati della tèrra, purchè si rammentino èssere fratèlli de' pòveri, – quegli che non valuta gli uomini dal loro grado di sapere o di prosperità, ma dagli affètti del cuòre o dalle azioni. Egli è l'unico filosofo, in cui non si scèrne la più piccola macchia; egli è la manifestazione pièna di Dio in un ènte della nòstra specie; egli è l'Uòmo–Dio.

Chi ha nella mente sì degno mòdello con quanta riverènza non guarderà l'umanità? l'amore è sèmpre proporzionato alla stima. Per amar molto l'umanità, bisogna molto stimarla.

Chi per lo contrario ha dell'uòmo un tipo meschino, ignòbile, incèrto; chi si compiace di considerare il genere umano qual gregge di astute e di sciòcche fière, nate a null'altro che cibarsi, procreare, agitarsi e tornar polvere; chi non vuòl vedere nulla di grande nell'incivilimento, nelle sciènze, nelle arti, nella ricerca della giustizia, nella incontentabile nostra tendènza al bèllo, al buòno, al divino, ah! qual ragione avrà costui di rispettare sinceramente il suo simile, d'amarlo, di spingerlo seco all'acquisto della virtù, d'immolarsi per giovargli?

Ad amare l'umanità, è d'uòpo saper mirare, senza scandalezzarsi, le sue debolezze, i suòi vizi.

Laddove la veggiamo ignorante, pensiamo quale alta facoltà dell'uòmo pur sia il potere uscire di tanta ignoranza, facèndo uso dell'intellètto. Pensiamo quale alta facoltà dell'uòmo pur sia il potere, anche in mezzo a molta ignoranza, praticare sublimi virtù sociali, il coraggio, la compassione, la gratitudine, la giustizia.

Quegl'individui che mai non procèdono ad illuminarsi nè mai si danno a praticare la virtù sono individui, e non l'umanità. Se e quanto saranno scusabili, è nòto a Dio. Ci basti che non sarà dimandato conto ad alcuno, se non della somma che avrà ricevuto.

CAPO SETTIMO.

Stima dell'uomo.

Miriamo nell'umanità coloro che, attestando in sè medesimi la morale grandezza di essa, c'indicano ciò che dobbiamo aspirare di divenire. Non potremmo agguagliarci in fama a loro, ma non è questo che impòrta. Sèmpre possiamo a loro agguagliarci in intèrno prègio, cioè nella coltura dei nobili sentimenti, ogni vòlta che non siamo abòrti od imbecilli, ogni vòlta che la nòstra vita, dotata d'intelligenza, estèndasi alquanto al di là dell'infanzia.

Quando siamo tentati di disprezzare l'umanità, vedèndo co' nostri òcchi, o leggèndo nella stòria molte sue turpitudini, poniamo mente a quei venerandi mortali che pur nella stòria splèndono.

L'iracondo, ma generoso Byron, mi diceva èssere questo l'unico mòdo con cui potesse salvarsi dalla misantropia. – «Il primo grande uòmo che mi ricorre alla mente, dicevami egli, è sèmpre Mosè: Mosè che rialza un pòpolo avvilitissimo; che lo salva dall'obbròbrio dell'idolatria e della schiavitù; che gli detta una legge piena di sapiènza, vincolo mirabile tra la religione de' patriarchi e la religione de' tèmpi inciviliti, ch'è il Vangèlo. Le virtù e le istituzioni di Mosè sono il mèzzo con cui la provvidènza produce in quel pòpolo valènti uòmini di stato, valènti guerrièri, egrègi cittadini, santi zelatori dell'equità, chiamati a profetare la caduta de' supèrbi e degli ipocriti, e la futura civiltà di tutte le nazioni.

≪Considerando alcuni grandi uomini e principalmente il mio Mosè, soggiungeva Byron, ripèto sempre con entusiasmo quel sublime vèrso di Dante:

Che di vederli in me stesso m'esalto!

e ripiglio allora buòn concètto di questa carne di Adamo e degli spiriti che pòrta.≫
Queste paròle del sommo pòeta britannico mi restarono imprèsse indelebilmente nell'animo, e confèsso di aver tratto più di una vòlta gran giovamento dal far come lui allorchè l'orribile tentazione della misantropia m'assalse.

I magnanimi che furono e che sono bastano a smentire chi ha basse idèe della natura dell'uòmo. Quanti se ne videro nella remòta antichità! quanti nella barbarie del mèdio èvo e ne' secoli della moderna civiltà! Là i martiri del vero; qua i benefattori degli afflitti; altrove i padri della Chièsa, mirabili per colossale filosofia e per ardènte carità; dappertutto valorosi guerrièri, propugnatori di giustizia, ristoratori dei lumi, sapiènti pòeti, sapiènti scienziati, sapiènti artisti!

Nè la lontananza dell'età, o le magnifiche sòrti di quei personaggi ce li facciano immaginare quasi di spècie divèrsa dalla nostra. No: non erano in origine più semidèi di noi. Èrano figli della dònna; dolorarono e piansero come noi; dovettero, come noi, lottare contro le male inclinazioni, vergognare talvòlta di sè, faticare per vincersi.

Gli annali delle nazioni e gli altri monumenti rimasti non ci ricòrdano se non piccola parte delle sublimi anime che vissero sulla tèrra. Ed a migliaia e migliaia sono tuttodì coloro che, senza avere alcuna celebrità, onorarono co' frutti della mente e colle rètte azioni il nome d'uòmo, la fratellanza che hanno con tutti gli egrègi, la fratellanza, ripetiamolo, che hanno con Dio!

Rammemorare l'eccellènza e la moltitudine de' buòni non è illudersi, non è guardare il solo bèllo dell'umanità, negando èsservi còpia d'insensati e di pervèrsi. I pervèrsi e gl'insensati abbondano, sì; ma ciò che vuolsi rilevare si è: – che l'uòmo può èssere mirabile per senno, – che può non pervertirsi, – che può anzi in ogni tèmpo, in ogni grado di coltura, in ogni fortuna, nobilitarsi con alte virtù, – che, per tali considerazioni, ha diritto alla stima di qualunque intelligènte creatura.

Dandogli la dovuta stima, vedèndolo spinto vèrso la perfezione infinita, vedèndolo appartenere al mondo immortale delle idèe più che non ai quattro giorni in che, simile alle piante ed alle fiere, apparisce sotto le leggi del mondo materiale, – vedèndolo capace almeno d'uscire d'infra lo studio delle fiere e dire: ≪Io sono dappiù di voi tutte e d'ogni còsa terrena che mi circondi!≫ – noi sentiremo crescere i nòstri palpiti di simpatia per lui. Le sue stesse miserie, i suoi stessi errori ci commoveranno a maggior pietà, sovvenendoci qual ènte grande egli sia. Ci affliggeremo che il re delle creature s'avvilisca; agogneremo or di velare religiosamente i suoi tòrti, or di pòrgergli la mano perchè si rialzi dal fango, perchè ritorni all'elevazione dond'è caduto; esulteremo ogni vòlta che lo vedremo mèmore della sua dignità, mostrarsi invitto in mezzo a' dolori ed agli obbròbri, trionfare delle più ardue pruòve, approssimarsi con tutta la gloriosa pòssa della volontà al suo tipo divino!

CAPO OTTAVO.

Amore di patria.

Tutti gli affètti che stringono gli uòmini fra di loro e li portano alla virtù sono nòbili. Il cinico, che ha tanti sofismi contro ogni generoso sentimento, suòle ostentare filantropia per deprimere l'amor patrio.

Ei dice: – «La mia patria è il mondo; il cantuccio nel quale nacqui non ha diritto alla mia preferènza, dacchè non può sopravanzare in prègi tante altre tèrre ove si stà od egualmente bène o mèglio; l'amor patrio non è altro che una spècie d'egoismo accomunato fra un gruppo d'uòmini per autorizzarsi ad odiare il rèsto dell'umanità.

Amico mio, non èssere ludibrio di così vile filosofia. Suo carattere è vilipèndere l'uòmo, negare le virtù di lui, chiamare illusione o stoltezza o perversità tutto ciò che lo sublima. Agglomerare magnifiche paròle in biasimo di qualunque òttima tendènza, di qualunque fòmite al bène sociale, è arte facile ma spregevole.

Il cinismo tiène l'uòmo nel fango; la vera filosofia è quella che anèla di trarnelo, ella è religiosa ed onora l'amor patrio.

Cèrto, anche dell'intiero mondo possiamo dire ch'è nòstra patria. Tutti i pòpoli sono frazioni d'una vasta famiglia, la quale per la sua estensione non può venir governata da una sola reggènza, sebbène abbia per suprèmo signore Iddio. Il riguardare le creature della nòstra spècie come una famiglia vale a rènderci benèvoli all'umanità in generale. Ma tal veduta non ne distrugge altre parimenti giuste.

Egli è anche un fatto che l'umanità si divide in pòpoli. Ogni pòpolo è quell'aggregato d'uòmini che religione, leggi, costumi, identità di lingua, d'origine, di glòria, di compianti, di speranze, o, se non tutti, la più parte di questi elementi, uniscono in particolare simpatia. Chiamare accomunato egoismo questa simpatia e l'accordo degli interèssi fra i mèmbri d'un pòpolo sarèbbe quanto se la manìa della satira volesse vilipèndere l'amor patèrno e l'amor filiale, dipingèndoli come una congiura tra ogni padre ed i figli suòi.

Ricordiamoci sèmpre che la virtù è moltilatere; che dei sentimenti virtuosi non v'ha uno il quale non dèbba venir coltivato Può alcuno d'essi, diventando esclusivo, riuscire nocevole? Non divènti esclusivo, e non sarà nocevole. L'amore dell'umanità è egrègio, ma non dève vietare l'amore del luògo nativo; l'amore del luògo nativo è egrègio, ma non dève vietare l'amore dell'umanità.

Obbròbrio all'anima vile che non applaude alla moltiplicità d'aspètti e di motivi che può prèndere fra gli uòmini il sacro istinto d'affratellarsi, di scambiarsi onore, aiuti e gentilezza!

Due viaggiatori europèi s'incontrano in altra parte del globo; uno sarà nato a Torino, l'altro a Londra. Sono europèi; questa comunanza di nome costituisce un cèrto vincolo d'amore, un cèrto, dirèi quasi, patriotismo, e quindi una lodevole sollecitudine di prestarsi buòni uffici.

Ècco altrove alcune persone che stèntano a capirsi; non parlano abitualmente la stessa lingua. Non credereste che potesse èsservi patriotismo fra loro. V'ingannate. Sono Svizzeri, questo di cantone italiano, quello di francese, quell'altro di tedesco. L'identità del legame politico che li protègge, supplisce alla mancanza d'una lingua comune, li affeziona, li fa contribuire con generosi sacrifizi al bène d'una patria che non è nazione.

Vedi in Italia, od in Germania, un altro spettacolo: uomini vivènti sotto divèrse leggi e divenuti quindi pòpoli divèrsi, talvolta costretti a guerreggiare un contro all'altro. Ma parlano, od almeno scrivono tutti la stessa lingua; onorano avi comuni, si glòriano della medesima letteratura; hanno gusti consimili, un altèrno bisogno d'amicizia, d'indulgènza, di conforti. Questi motivi li fanno tra loro più pii, più concitati a gare gentili.

L'amor patrio, e quando si applica ad un paese vasto e quando si applica ad un piccolo, è sèmpre sentimento nòbile. Non v'è parte d'una nazione che non abbia le sue pròprie glòrie: principi che le diedero potènza relativa, più o meno considerevole; fatti stòrici memorabili; istituzioni buòne; importanti città; qualche onorevole impronta dominante nell'indole; uòmini illustri per coraggio, per politica, per arti e scènze. Vi sono quindi anche ad ognuno ragioni di amare con qualche predilezione la nativa provincia, la nativa città, il nativo borgo.

Ma badisi che l'amor patrio, tanto ne' più ampli suòi circoli, quanto ne' più ristretti, non facciasi consistere nel vano insuperbire d'essere nato in quella terra, e nel covare indi òdio contro altre città, contro altre province, contro altre nazioni. Un patriotismo illiberale, invido, feroce, invece d'èssere virtù, è vizio.

CAPO NONO.

Vero patriota.

Per amare la patria con vero alto sentimento dobbiamo cominciare da darle in noi medesimi tali cittadini di cui non abbia ad arrossire, di cui abbia anzi ad onorarsi. Èssere schernitori della religione e dei buoni costumi, ed amare degnamente la patria, è cosa incompatibile, quanto sia incompatibile l'esser degno estimatore d'una dònna amata, e non riputare che vi sia òbbligo d'èssere fedele.

Se un uòmo vilipènde gli altari, la santità coniugale, la decènza, la probità, e grida: «Patria, patria!» non gli credere. Egli è un ipòcrita del patriotismo, egli è un pessimo cittadino.

Non v'è buòn patriòta, se non l'uòmo virtuoso, l'uòmo che sènte ed ama tutti i suòi doveri, e si fa studio di seguirli.

Ei non si confonde mai nè coll'adulatore dei potènti, nè coll'odiatore maligno d'ogni autorità: èsser servile ed èssere irriverènte sono pari eccèsso.

Se egli è in impièghi di govèrno, militari o civili, il suo scòpo non è la propria ricchezza, ma sì l'onore e la prosperità del principe e del pòpolo.

S'egli è cittadino privato, l'onore e la prosperità del principe e del pòpolo sono egualmente suo vivissimo desiderio, e nulla che vi si opponga òpera egli, ma anzi tutto òpera che può a fine di contribuirvi.

Ei sa che in tutte le società vi sono abusi, e brama che si vadano correggèndo, ma abbòrre dal furore di chi vorrèbbe corrèggerli con rapine e sanguinose vendette; perocchè di tutti gli abusi questi sono i più terribili e funèsti.

Ei non invòca nè suscita dissensioni civili, egli è anzi coll'esèmpio e colle paròle moderatore, per quanto può, degli esagerati e fautore d'indulgènza e di pace. Non cèssa d'èssere agnèllo, se non quando la patria in pericolo ha bisogno d'essere difesa. Allora divènta leone: combatte e vince, o muòre.

CAPO DÈCIMO.

Amor filiale.

La carrièra delle tue azioni comincia nella famiglia: prima palèstra di virtù è la casa patèrna. Che dire di coloro i quali pretèndono di amare la patria, i quali ostèntano eroismo, e mancano a sì alto dovere qual è la pietà filiale?

Non v'è amor patrio, non v'è il minimo gèrme di eroismo laddove è nera ingratitudine.

Appena l'intellètto del fanciullo s'apre all'idèa dei doveri, natura gli grida: «Ama i tuoi genitori.» L'istinto dell'amor filiale è sì forte che sembrerèbbe non èsservi d'uòpo di cura per nutrirlo tutta la vita. Nondimeno, come già dicemmo, a tutti i buòni istinti bisogna che diamo la conferma della nòstra volontà, altrimenti si distruggono; bisogna che la pietà vèrso i parènti sia da noi esercitata con fermo propòsito.

Chi si prègia d'amar Dio, d'amar l'umanità, d'amar la patria, come non avrèbbe somma riverènza di coloro pei quali è divenuto creatura di Dio, uòmo, cittadino?

Un padre ed una madre sono naturalmente i nòstri primi amici; sono i mortali a cui dobbiamo di più: vèrso di loro siamo nel più sacro mòdo tenuti a gratitudine, a rispètto, ad amore, ad indulgenza, a gentile dimostrazione di quei sentimenti.

E pur troppo facile che la grande intimità in cui viviamo colle persone che più davvicino ci appartèngono, ci avvezzi a trattarle con sovèrchia trascuratezza, con poco studio d'èssere amabili e d'abbellire la loro esistènza.

Guardiamoci da simil tòrto. Chi vuòle ingentilirsi, dève portare in tutte le sue affezioni una cèrta volontà d'esattezza e d'eleganza che dia loro quella perfezione che pòssono avere.

Aspettare a mostrarsi cortese osservatore d'ogni piacevole riguardo fuòri di casa, e mancare intanto d'ossèquio e di soavità co' genitori, è irragionevolezza e colpa. I costumi bèlli vanno imparati assiduamente, e cominciano dal seno della famiglia.

«Che male èvvi, dicono taluni, di stare in tutta libertà coi parenti? Già sanno d'èssere amati da' figli, anche senza la smòrfia delle graziose esteriorità, anche senza obbligar questi a dissimulare le loro noie e le loro rabbiette.» – Tu che brami di non riuscire volgare, non ragionar così. Che se stare in libertà vuol dire èsser villano, ella è villania; non v'è intrinsichezza di parentèla che la giustifichi.

Quella mente che non ha il coraggio di faticare in casa, come fuòri di casa, per èssere gradevole altrui, per acquistare ogni virtù, per onorare l'uòmo in sè stesso, per onorare Dio nell'uomo, è mente pusillanime. A riposarsi dalla nòbile fatica d'èssere buòno, cortese, delicato, non v'è altro tèmpo che il sonno.

L'amor filiale è un dovere non solo di gratitudine, ma d'impreteribile conveniènza. Nel caso raro che taluno abbia parènti poco benèvoli, poco in dritto d'esigere stima, il solo èssere quelli gli autori della sua vita dà loro una sì rispettabile qualità ch'ei non può senza infamia, non dirò vilipènderli, ma nè tampoco trattarli con noncuranza. In tal caso, i riguardi che userà loro saranno un maggior mèrito, ma non saranno meno un debito pagato alla natura, alla edificazione dei simili, alla pròpria dignità.

Tristo è colui che si fa censore sevèro di qualche difètto de' suòi genitori! E dove comincereno noi ad esercitare la carità, se la ricusiamo ad un padre, ad una madre?

Esigere, per rispettarli, che siano senza difètto, che sieno la perfezione dell'umanità, è supèrbia ed ingiustizia. Noi, che desideriamo per tutti d'èssere rispettati ed amati, siamo noi sèmpre irreprensibili? Se anche un padre od una madre fossero lontani da quell'ideale di senno e di virtù che vorremmo, facciamoci industri a scusarneli, a nascondere i tòrti loro agli occhi altrui, ad apprezzare tutte le buòne loro dòti. Così adoperando miglioreremo noi medesimi, conseguendo un'indole pia, generosa, sagace in riconoscere gli altrui mèriti.

Amico mio, entri spesso nell'anima tua questo pensièro mèsto, ma fecondo di compassione e di longanimità: «Quei canuti capi che mi stanno dinanzi chi sa se fra poco non dormiranno nella tomba?» – Ah! finchè hai la sòrte di vederli, onorali e procaccia loro consolazione nei mali della vecchiaia, che sono tanti.

La loro età gia troppo li inchina a mestizia; non contribuir mai ad attristarli. Le tue manière con loro e tutta la tua condotta sieno sèmpre così amabili che la vista di te li rianimi, li rallegri. Ogni sorriso che richiamerai sulle antiche loro labbra, ogni contentezza che desterai nel loro cuòre, sarà per loro il più salutare dei piaceri e ridonderà a tuo vantaggio. Le benedizioni di un padre e d'una madre per un figlio riconoscènte sono sèmpre sancite da Dio.

CAPO DECIMOPRIMO.

Rispètto a' vècchi ed a' predecessori.

Onora l'immagine de' genitori e degli avi tuòi in tutte le persone attempate. La vecchiaia è veneranda ad ogni spirito bennato.

Nell'antica Sparta èra legge che i giovani s'alzassero alla venuta d'un vècchio; che tacessero quand'ei parlava; che gli cedessero il passo incontrandolo. Ciò che non fa la legge prèsso noi, faccialo – e sarà mèglio – la decènza.

In quell'ossèquio evvi tanta bellezza morale che pur coloro i quali obbliano il praticarlo sono costretti ad applaudirlo in altri.

Un vècchio ateniese cercava posto a' giuochi olimpici, e zeppi èrano i gradini dell'anfiteatro. Alcuni giovinastri suòi concittadini gli accennarono che s'accostasse, e quando, cedèndo all'invito, pervenne a grande stènto sino a loro, invece d'accoglienza trovò indegne risate. Respinto il pòvero canuto da un luògo all'altro, giunse alla parte ove sedeano gli Spartani. Fedeli questi al costume sacro nella loro patria, s'alzano modèsti e lo còllocano fra loro. Quei medesimi Ateniesi che lo avevano sì svergognosamente beffato furono compresi di stima pei generosi èmuli, ed il più vivo applauso si levò da tutti i lati. Grondavano le lagrime dagli òcchi del vècchio, e sclamava: «Conoscono gli Ateniesi ciò ch'è onèsto, gli Spartani l'adempiono!»

Alessandro il Macèdone – e qui gli darèi volentièri il titolo di grande, – mentre le più alte fortune cospiravano ad insuperbirlo, sapeva nondimeno umiliarsi al cospetto della vecchiaia. Fermato una vòlta nelle sue trionfali mòsse per còpia straordinaria di neve, fece ardere alcuna legna, e seduto sul règio scanno si scaldava. Vide fra i suoi guerrièri un uòmo opprèsso dall'età il quale tremava dal freddo. Balzò a lui e, con quelle invitte mani che avevano rovesciato l'impèro di Dario, prese il vècchio intirizzito e lo portò sul pròprio sèggio.

«Non è malvagio se non l'uòmo inverecondo verso la vecchiaia, le dònne e la sventura», diceva Parini. E Parini giovavasi pur molto dell'autorità che aveva sui suoi discepoli, per tenerli ossequiosi alla vecchiaia. Una vòlta egli èra adirato con un giovane del quale gli èra stato riferito qualche grave tòrto. Avvenne che l'incontrò per una strada, nell'atto che quel giovane, sostenèndo un vècchio cappuccino, gridava con decòro contro alcuni mascalzoni dai quali questo èra stato urtato. Parini si mise a gridare concordemente, e gettate le braccia al còllo del giovane, gli disse – «Un momento fa, io ti riputava pervèrso; or che son testimònio della tua pietà pe' vècchi, ti ricredo capace di molte virtù.»

La vecchiaia è tanto più da rispettarsi in coloro che sopportarono le molèstie della nòstra puerizia e quelle della nostra adòlescenza; in coloro che contribuirono quanto mèglio poterono a formarci l'ingegno ed il cuòre. Abbiasi indulgènza a' loro difètti, e valutiamo con generoso computo le pene che loro costammo, l'affezione che in noi posero, il dolce guiderdone che rièsce per loro la continuità del nòstro amore. Nò; chi si consacra con animo gentile all'educazione della gioventù non è abbastanza compensato dal pane che giustamente gli si pòrge. Quelle cure patèrne e matèrne non sono da mercenario. Nobilitano colui che ne fa sua abitudine. Avvezzano ad amare e danno il diritto d'essere amato.

Portiamo filiale ossèquio a tutti i superiori, perchè superiori.

Portiamo filiale ossèquio alla memoria di tutti quegli uòmini che furono benemèriti della patria, o dell'umanità. Sacre ci sieno le loro scritture, le loro immagini, le loro tombe.

E quando consideriamo i sècoli passati e gli avanzi di barbarie che ne sono rimasti; quando gemèndo su molti mali presènti, li scorgiamo conseguènze delle passioni e degli errori dei tèmpi andati, non cediamo alla tentazione di vituperare i nòstri avi. Facciamoci cosciènza di èssere pii nei nostri giudizii su di loro. Imprendevano guèrre che or deploriamo; ma non èrano essi giustificati da necessità, o da incolpevoli illusioni che a sì gran distanza mal possiamo pesare? Invocarono intervenzioni stranière, le quali riuscirono funèste; ma necessità ancòra, od incolpevoli illusioni non li giustificavano? Imponevano istituzioni che non ci piacciono; ma è forse vero che non fossero opportune al loro tèmpo? che non fossero il mèglio voluto dalla sapiènza umana cogli elementi sociali che s'avevano a que' dì?

La critica dèbb'èssere illuminata, ma non crudèle vèrso gli avi, non calunniatrice, non disdegnosa di riverènza a coloro che non possono sorgere dai sepolcri e dirci: –

«La ragione della nòstra condotta, o nepoti, fu questa.»

Cèlebre è il detto del vècchio Catone: «Difficil cosa è far capire ad uòmini che verranno in altro sècolo ciò che giustifica la nòstra vita.»

CAPO DECIMOSECONDO.

Amore fratèrno.

Tu hai fratèlli e sorèlle. Vènga da te posta ogni cura perchè l'amore di cui sèi debitore a' tuòi simili, cominci in te ad effettuarsi in tutta la sua perfezione, primamente vèrso i genitori, pòscia vèrso coloro che lega teco la più stretta delle fratellanze, quella d'aver comuni i genitori con te.

Per esercitar bène la divina sciènza della carità con tutti gli uomini, bisogna farne il tirocinio in famiglia.

Qual dolcezza non v'è in questo pensièro: ≪Siamo figliuòli della stessa madre!≫ Qual dolcezza nell'aver trovato, appena venuti al mondo, gli stessi oggètti da venerare con predilezione!

L'identità del sangue e la somiglianza di molte abitudini tra fratèlli e sorèlle gènera naturalmente una fòrte simpatia, a distruggere la quale non ci vuol meno che un orribile egoismo.

Se vuoi èssere buòn fratèllo, guàrdati dall'egoismo; proponiti ogni giorno nelle tue fratèrne relazioni d'èssere generoso. Ciascuno de' tuòi fratèlli e delle tue sorèlle vegga che i suòi interessi ti sono cari quanto i tuòi. Se uno di loro manca, siigli indulgènte, non solo come il saresti vèrso un altro, ma più ancòra. Rallégrati delle loro virtù, imitale, promuòvile anzi col tuo esèmpio; fa che abbiano a benedire la sòrte d'averti fratèllo.

Infiniti sono i motivi di soave riconoscenza, d'affettuoso desidèrio, di pietoso timore che valgono di continuo ad alimentare l'amor fratèrno.

Ma bisogna nondimeno riflettervi; altrimenti passano spesso inosservati. Bisogna comandarsi di sentirli. Gli squisiti sentimenti non s'acquistano se non per diligènte volontà. Siccome niuno diventa fino intelligènte di poesia e di pittura senza studio, così niuno comprènde l'eccellènza dell'amor fratèrno e di qualunque altro nòbile affètto, senza volontà assidua di comprènderla.

L'intimità domèstica non ti faccia mai preterire dall'èssere cortese co' fratèlli.

Sii più gentile ancora colle sorèlle. Il loro sèsso è dotato d'una grazia potènte; e si valgono ordinariamente di questo celèste mèzzo per asserenare tutta la casa, per bandirne i mal'umori, per rammorbidire le correzioni patèrne o matèrne che talvòlta òdono. Onora in esso la soavità delle virtù femminili; gioisci dell'influènza che hanno per raddolcirti l'animo. E perchè natura le ha fatte più deboli e più sensitive di te, sii tanto più attènto in consolarle se sono afflitte, in non affliggerle tu medesimo, in mostrar loro costantemente rispètto ed amore.

Coloro che contraggono tra fratèlli e sorèlle abitudini di malignità e d'ineleganza, rimangono ineleganti e maligni con chicchessia. Il consòrzio di famiglia sia tutto bèllo, tutto amante, tutto santo; e quando l'uòmo uscirà di casa, recherà nelle sue relazioni col rèsto della società quella tendènza alla stima ed agli affètti gentili e quella fede nella virtù che sono il frutto d'un perènne esercizio di dignitosi sentimenti.

CAPO DECIMOTERZO.

Amicizia.

Oltre i genitori e gli altri consanguinei che sono gli amici a te più immediatamente dati dalla natura, ed oltre que' tuòi maestri che maggiormente avèndo meritata la tua stima nòmini pur con piacere amici, t'avverrà di sentir particolare simpatia per altri, le cui virtù ti saranno meno nòte, massimamente per giovani d'età eguale o pòco divèrsa dalla tua.

Quando cederai tu a questa simpatia, o quando avrai tu a reprimerla? La risposta non è dubbia.

Siamo debitori di benevolènza a tutti i mortali, ma non dobbiamo portare la benevolènza al grado d'amicizia, se non per siffatti che abbiano donde èssere amati da noi. L'amicizia è una fratellanza, e nel suo più alto sènso è il bèllo ideale della fratellanza. È un accòrdo suprèmo di due o tre anime, non mai di molte, le quali son divenute come necessarie l'una all'altra, le quali hanno trovato l'una nell'altra la massima disposizione a capirsi, a giovarsi, a nobilmente interpretarsi, a spronarsi al bène.

«Di tutte le società, dice Cicerone, nessuna è più nòbile, nessuna è più ferma che quando uòmini buòni sono simili di costumi e congiunti di famigliarità». Omnium societatum nulla praestantior est, nulla firmior, quam quum viri boni moribus similes sunt, familiaritate conjuncti (De Off., l. I, c. 18).

Non disonorare il sacro nome d'amico, dandolo ad uòmo di niuna o pòca virtù.

Colui che òdia la religione, colui che non ha somma cura della sua dignità d'uòmo, colui che non sènte doversi onorare la patria col senno e coll'onestà, colui, ch'è irriverènte figlio e malèvolo fratèllo, foss'egli il più maraviglioso dei vivènti per la soavità dell'aspètto e delle manière, per l'eloquènte paròla, per la moltiplicità delle sue cognizioni e sino per qualche brillante impeto ad azioni generose, non t'induca ad amicarti con esso. Ti mostrass'egli il più vivo affetto, non concèdergli la tua famigliarità; l'uòmo virtuoso solo ha tali qualità da èssere amico.

Prima di conoscere taluno per virtuoso, la sola possibilità che nol sia, basti a tenerti con lui nei limiti d'una generale cortesia. Il dono del cuore è tròppo alta còsa; affrettarsi a gettarlo è colpevole imprudènza è indegnità. Chi s'avvince a pervèrsi compagni si pervèrte od almeno fa riverberare con grande obbròbrio sopra di sè l'infamia di quelli.

Ma beato colui che tròva un degno amico! Abbandonato alla propria fòrza, la sua virtù languiva sovènte: l'esèmpio e l'applauso dell'amico gliela raddoppiano. Forse d'apprima egli èra spaventato, scorgèndosi inclinato a molti difetti e non essèndo consapevole del valore che aveva, la stima dell'uòmo che egli ama lo rialza a' propri sguardi. Ei vergogna ancòra secretamente di non possedere tutti i prègi che l'indulgènza dell'altro gli suppone, ma gli cresce l'animo per faticare a corrèggersi. Si rallegra che le sue buòne qualità non siano sfuggite all'amico; glie n'è grato; ambisce d'acquistarne altre: ed ècco, grazie all'amicizia, talvòlta avanzare vigorosamente vèrso la perfezione un uòmo che n'èra lontano, che lontano ne sarèbbe rimasto.

Non volerti sforzare ad avere amici. È mèglio non averne alcuno che doversi pentire d'averli scelti con precipitazione. Ma quando uno n'hai trovato, onoralo di elevata amicizia.

Questo nòbile affètto fu sancito da tutti i filòsofi; è sancito dalla religione.

Ne incontriamo bègli esempi nella Scrittura: – «L'anima di Giònata si conglutinò all'anima di Davidde… Giònata l'amò come l'anima sua…» – Ma, quello che è più, l'amicizia fu consacrata dallo stesso Redentore. Egli tenne sul suo seno la tèsta di Giovanni che dormiva, e dalla croce, avanti di spirare, pronunciò queste divine paròle, tutto amor figliale ed amicizia: – «Madre, ècco il figlio tuo! Discepolo, ècco la madre tua!»

Io credo che l'amicizia (intèndo l'elevata, la vera amicizia, quella ch'è fondata sopra una grande stima) sia quasi necessaria all'uòmo per rimoverlo dalle basse tendènze. Ella dà all'anima un certo che di poètico, di sublimemente fòrte, senza di cui difficilmente si elèva al di sopra del fangoso terreno dell'egoismo.

Ma quando hai conceputo e promesso amicizia, stampane in cuòre i doveri. Sono molti! sono niènte meno che di renderti tutta la vita degno dell'amico!

Taluni consigliano di non legare amicizia con alcuno, perchè occupa tròppo gli affètti, distrae lo spirito, produce gelosie: ma io stò con un òttimo filosofo, san Francesco di Sales, il quale, nella sua Filotèa, chiama questo «un cattivo consiglio».

Ei concède che pòssa bensì èssere prudènza nei chiòstri d'impedire le affezioni parziali. – «Ma nel mondo è necessario, dic'egli, che coloro i quali vogliono militare sotto la bandièra della croce, si uniscano.... Gli uomini che vivono nel sècolo, ove tanti sono gli ardui passi da varcare per giungere a Dio, sono simili a que' viaggiatori che nelle vie scoscese o sdrucciolevoli, si tengono gli uni agli altri per sostenersi, per camminare con più sicurezza.»

Infatti si danno la mano i malvagi per fare il male; non avrèbbero da darsi la mano i buòni per fare il bène?

CAPO DECIMOQUARTO.

Gli studii.

Dacchè il puòi, t'è sacro debito coltivare l'ingegno. Ti renderai più atto ad onorare Dio, la patria, i parènti, gli amici.

Il delirio di Rousseau, che il selvaggio sia il più felice de' mortali – che l'ignoranza sia preferibile al sapere – è smentito dall'esperiènza. Tutti i viaggiatori hanno trovato infelicissimo il selvaggio; tutti noi vediamo che l'ignorante può èssere buòno, ma che può èsserlo egualmente e debb'èsserlo anzi con più eccellènza colui che sa.

Il sapere è soltanto dannoso quando vi s'unisce orgoglio. Vi s'unisca umiltà, e pòrta l'animo ad amare più altamente Dio ed amare più altamente il gènere umano.

Tutto ciò che impàri t'applica ad impararlo con quanta più profondità è possibile. Gli studi superficiali producono tròppo spesso uòmini mediòcri e presuntuosi, uòmini in secreto conscii della loro nullità e tanto più smaniosi a collegarsi con noiosacci a loro simili per gridare al mondo che sono grandi e che i veri grandi sono piccoli. Quindi le perpètue guèrre de' pedanti contro i sommi intellètti, e de' vani declamatori contro i buòni filosofi. Quindi lo sbaglio che prèndono talora le moltitudini, di venerare chi più grida fòrte e meno sa.

Il nòstro sècolo non manca d'uomini d'egrègio sapere, ma i superficiali sovèrchiano vituperosamente. Disdegna d'èssere del loro numero. Disdegnane, non per vanità, ma per sentimento di dovere, per amore della patria, per magnanima stima della mente umana che il Creatore ti ha data.

Se non puòi farti profondo in più gèneri di studi, scorri pur leggermente sopra alcuni, a fine soltanto di acquistarne quelle idèe che non è lecito d'ignorare; ma scegli uno di tai gèneri, e qui vòlgi con più vigore le tue facoltà, e sopra tutto il volere, per non restare indiètro ad alcuno.

Ottimo inoltre è questo consiglio di Sèneca: – Vuòi che la lettura ti lasci durevoli impronte? Ti limita ad alcuni autori pièni di sano ingegno, e ti ciba della loro sostanza. – Èssere dappertutto val quanto non èssere in alcun luògo particolare. Una vita passata in viaggi fa conoscere molti òspiti e pòchi amici. Così è di que' precipitosi lettori che, senza predilezione per alcun libro, ne divorano infiniti.»

Qualunque sia lo studio cui maggiormente t'affezionerai, guárdati da un vizio assai comune: quello di divenire tale esclusivo ammiratore della tua sciènza che tu sprègi quelle sciènze alle quali non hai potuto applicarti.

Le triviali burbanze di cèrti poèti contro la pròsa, di cèrti prosatori contro la poesia, de' naturalisti contro i metafisici, de' matematici contro i non matematici, e viceversa, sono puerilità. Tutte le sciènze, tutte le arti, tutti i mòdi di trovare e far sentire il vero ed il bèllo hanno diritto all'omaggio della società e primamente dell'uòmo colto.

Non è vero che sciènze esatte e poesia s'escludano. Buffon fu grande naturalista, ed il suo stile splènde animato da stupèndo colore poetico. Mascheroni èra buòn poèta e buòn matematico.

Coltivando poesia ed altre sciènze del bèllo, bada a non tòrre al tuo intellètto la capacità di posarsi freddamente sopra còmputi o lògiche meditazioni. Se l'aquila dicesse: «Mia natura è di volare, non pòsso considerare le còse se non volano», sarebbe ridicola. Ne può benissimo considerare tante con le ale chiuse.

Così all'opposto la freddezza che da te chièdono gli studi d'osservazione non ti avvezzi a credere, èssere perfètto l'uòmo quand'ha smorzato in sè ogni luce della fantasia, quando ha ucciso il sentimento poètico. Questo sentimento, se è bèn regolato, invece d'indebolire le ragione, in certi casi la rinfòrza.

Negli studi, siccome in politica, diffida delle fazioni e de' loro sistèmi. Esamina questi per conoscerli, compararli con altri e giudicare, non per èsser loro schiavo. Che significarono le gare tra i furènti lodatori e slodatori d'Aristotile e di Platone e d'altri filòsofi? Ovvero quelle tra i lodatori e slodatori d'Ariòsto e di Tasso? Gli idolatràti e vilipesi maestri rimasero quel ch'èrano, nè divinità nè mediòcri spiriti; coloro che s'agitavano per pesarli in false bilancie furono derisi, ed il mondo che assordarono nulla imparò.

In tutti gli studi che fai, cerca d'unire discernimento pacato ed acume, la paziènza dell'analisi e la fòrza della síntesi, ma principalmente la voglia di non lasciarti abbattere dagli ostacoli e quella di non insuperbire dei trionfi; cioè la vòglia d'illuminarti al modo permesso da Dio, con ardire, ma senza arroganza.

CAPO DECIMOQUINTO.

Scelta d'uno stato.

La scelta d'uno stato è di rilievo sommo. I nòstri padri dicevano che, a farla buòna, era d'uopo invocare l'inspirazione di Dio. Non sò che dèbbasi dire altrimenti neppure òggi. Rifletti con religiosa serietà al tuo presunto avvenire fra gli uòmini e prèga.

Sentita in cuòre la voce divina che ti dirà, non un giorno solo, ma intere settimane, interi mesi, e sèmpre con maggior potènza di persuasione: – Ecco lo stato che devi scerre! – obbediscile con animosa e ferma volontà. Entra in quella carriera e t'inoltra, ma portandovi le virtù che richiède.

Mediante tai virtù ogni stato è eccellènte per chi vi inclina. Il sacerdòzio, che spavènta chi l'ha abbracciato per leggerezza e con un cuòre avido di divertimenti, è delizia e decòro ad un uòmo pio e ritirato; la stessa vita monastica, che tanti nel mondo considerano chi intollerabile, chi fino schernevole, è delizia e decòro al religioso filosofo che non si crede inutile alla società, esercitando la sua carità a prò di pòchi altri monaci e di qualche pòvero agricoltore. La tòga, che molti portano quasi enorme peso per le paziènti cure ch'esige, è grata all'uòmo in cui prevale lo zèlo di difèndere con senno i diritti del suo simile. Il nòbile mestière dell'armi ha un incanto infinito per chi arde di coraggio e sènte non èsservi più glorioso atto che l'esporre i suòi giorni per la patria.

Mirabil còsa! tutti gli stati, dai più sublimi sino a quello dell'umile artigiano, hanno la loro dolcezza ed una vera dignità. Basta voler nutrire quelle virtù che in ciascuno stato son dovute.

Solo perchè pòchi le nutrono, s'odono tanti maledire la condizione che hanno abbracciata.

Tu quando avrai prudentemente scelto una carrièra, non imitare quegli etèrni lamentatori. Non lasciarti agitare da vano pentimento, da velleità di mutare. Ogni via della vita ha le sue spine. Dacchè ponesti piede in una, prosegui; retrocèdere è fiacchezza. Il persistere è sèmpre bène, fuorchè nella colpa. E solo chi sa persistere nella sua impresa può sperare di divenire alcun che di segnalato.

CAPO DECIMOSESTO.

Freno alle inquietudini.

Molti persistono nello stato che scelsero e vi si affezionano, ma smaniano, perchè veggono ch'altro stato rèca a taluno maggiore onori, maggior fortuna; smaniano, perchè sembra loro di non èssere abbastanza stimati e rimunerati; smaniano, perchè hanno tròppi èmuli e perchè non tutti consentono di star loro sotto.

Scaccia da te siffatte inquietudini: chi si lascia dominare da esse, ha perduto sulla tèrra la sua parte di felicità; si fa supèrbo e talvolta ridicolo nell'apprezzare più del debito sè medesimo, e si fa ingiusto nell'apprezzare sèmpre meno del debito coloro che egli invidia.

Sicuramente, nella società umana i mèriti non vèngono sèmpre premiati con èque proporzioni. Chi lavora egregiamente, ha spesso tal modèstia da non sapersi far conoscere, e spesso vièn tenuto nascosto o denigrato da mediòcri audaci che in fortuna agognano superarlo. Il mondo è così, ed in ciò non è sperabile che muti.

Ti rèsta dunque di sorridere a questa necessità e rassegnarti. Imprimiti bène in mente questa fòrte verità: l'importante è d'aver mèrito, non d'avere un mèrito ricompensato dagli uòmini. Se lo ricompènsano va ottimamente; se nò, il mèrito s'accresce conservandolo, benchè senza prèmio.

La società sarebbe meno viziosa, se ognuno attendesse a frenare le sue inquietudini, le sue ambizioni, non già divenendo incurante d'aumentare la propria prosperità, non già divenendo pigro od àpata, che sarèbbero altri eccèssi; bensì portando ambizioni belle e e non frenetiche, non invide; bensì limitandole a que' punti oltre ai quali si vede non poter varcare; bensì dicèndo: «Se non giunsi a quell'alto grado di cui parevami èsser degno, anche in questo più basso sono lo stesso uòmo ed ho quindi lo stesso intrinseco valore.»

Non è perdonabile ad alcuno d'inquietarsi per aver mercede delle sue opere, se non quando trattasi del necessario per sè e per la sua famiglia. Al di là del necessario, tutti gli aumenti di prosperità che son leciti cercare conviène desiderarli con animo imperturbabile. Se vèngono, sia benedetto Dio; saran mèzzi per addolcire la propria vita e giovare altrui. Se non vèngono, sia benedetto Dio; si può vivere degnamente anche senza molte dolcezze; e se taluno non può giovare altrui, la coscienza non gliene muove rimbròtto.

Fa tutto cio che stà in te per èssere utile cittadino e per indurre altri ad èssere tali, e poi lascia che le còse vadano come vanno. Metti qualche sospiro sulle ingiustizie e sulle sciagure che vedi, ma non cangiarti in orso perciò; non cadere in misantropia, non cadere in quella falsa filantropia, ch'è pèggio ancòra, la quale per preteso bène degli uòmini, si strugge di sete di sangue, e vagheggia, qual mirabile edifizio, la distruzione, come Satan vagheggia la mòrte.

Colui che òdia la còrrezione possibile degli abusi sociali è uno scellerato o uno stolto; ma colui che amandola divènta crudèle, è parimente scellerato o stolto, ed anzi ad un grado maggiore.

Senza quiète d'animo, la più parte dei giudizii umani sono bugiardi e maligni. Quiète d'animo sola ti farà fòrte nel patire, fòrte nel costante operare, giusto indulgènte, amabile con tutti.

CAPO DECIMOSETTIMO.

Pentimento ed ammènda.

Raccomandandoti di bandire l'inquietudine, t'ho accennato che non dèvi impigrire, e principalmente non dèvi impigrire nell'assunto perpètuo di migliorarti.

L'uomo che dica: «La mia educazione morale è fatta; e le òpere mie l'hanno corroborata», s'inganna. Noi dobbiamo sèmpre imparare a regolarci pel giorno presènte e pe' venturi; dobbiamo sèmpre tener viva la nòstra virtù, producendone nuovi atti; dobbiamo sèmpre por mente a' nòstri falli e pentircene.

Sì, pentircene! Nulla di più vero di ciò che dice la Chièsa: che la nòstra vita debb'èssere tutta di pentimento e d'aspirazione ad ammendarci. Il cristianesimo non è altro. E lo stesso Voltaire, in uno di que' momenti che non era divorato dal furore di schernirlo, scrisse: – «La confessione è còsa eccellentissima, un freno alla colpa, inventato nella più remota antichità; regnava l'uso di confessarsi nella celebrazione di tutti gli antichi mistèri. Noi abbiamo imitato e santificato quella savia costumanza: ella è òttima per condurre i cuòri ulcerati d'odio al perdono. (V. Quest. encicl., tomo III).»

Ciò di che Voltaire osò qui convenire, sarèbbe vergogna che non fosse sentito da chi s'onora d'èssere cristiano. Porgiamo ascolto alla coscienza, arrossiamo delle azioni che ci rimprovera, confessiamole per purificarci o non cessiamo da questo santo lavacro sino alla fine de' nòstri giorni. Se ciò non s'eseguisce con volontà sonnolenta; se i falli da chi li rammèmora non si condannano colle sole labbra; se al pentimento va congiunto un verace desidèrio d'ammènda, rida chi vuòle, ma nulla può essere più salutare, più sublime, più degno dell'uòmo.

Quando conosci d'aver commesso un tòrto, non esitare a ripararlo. Soltanto riparandolo avrai la coscienza contènta. L'indugio della riparazione incatena l'anima al male con vincolo ogni dì più fòrte e l'avvezza a disistimarsi. E guai allorchè l'uòmo internamente si disistima! Guai allorchè finge stimarsi, sentèndosi nella coscienza un putridume che non dovrebb'èssere! Guai allorchè crede che, avendo tal putridume, non siavi più altro a fare che dissimularlo! Ei non ha più un grado fra i nòbili ènti; egli è un astro caduto, una sventura della creazione.

Se qualche impudènte giovine ti chiama debole perchè non t'ostini, com'egli, ne' mancamenti, rispondigli, èsser più fòrte chi resiste al vizio che chi lasciasi da esso strascinare; rispondigli l'arroganza del peccato èssere falsa fòrza, dacch'è certo che al letto della mòrte, salvo un delirio, ei la pèrde; rispondigli, la forza di cui sèi vago èssere appunto quella di non curare lo scherno, quando abbandoni il sentièro malvagio per quello della virtù.

Quand'hai commesso un tòrto, non mentir mai per negarlo od attenuarlo. Debolezza turpe è la menzogna. Concèdi d'aver errato; qui vi è magnanimità: e la vergogna che ti costerà il concedere ti frutterà la lode dei buòni.

Se t'avvenne d'offèndere alcuno, abbi la nòbile umiltà di chiedergliene scusa. Siccome tutta la tua condotta mostrerà che non sèi un vile, nessuno ti chiamerà vile per ciò. Ostinarsi nell'insulto, e piuttosto che onoratamente disdirsi, venire a duèllo od a perpètua inimicizia sono buffonate d'uòmini supèrbi e feroci, sono infamie cui mal si sforzano d'apporre il nome brillante d'onore.

Non v'è onore che nella virtù, e non v'è virtù, che a patto di continuamente pentirsi del male e proporsi l'ammenda.

CAPO DECIMOTTAVO.

Celibato.

Allorchè tu abbia preso fra le carrière sociali quella che ti conviène, e pàiati d'avere dato al tuo carattere tal fermezza di buone abitudini da poter èssere degnamente uòmo, – allora, e non prima, – se intendi aver moglie, t'adòpera ad eleggerne una che mèriti l'amor tuo.

Ma avanti d'uscire dal celibato, riflètti bène se nol dovresti preferire.

In caso che tu non avessi saputo domare le tue inclinazioni all'ira, alla gelosia, al sospètto, all'impaziènza, al duro predominio, da poter presumere di riuscire amabile con una compagna, abbi la forza di rinunciare alle dolcezze del matrimònio. Prendèndo moglie, la renderesti infelice, e renderesti infelice te medesimo.

In caso che tu incontrassi tal persona che riunisse tutte quelle qualità che ti sembrassero necessarie per contentarti e perchè ella ponesse in te l'amor suo, non lasciarti recare ad accettare una spòsa. Il tuo dovere è di rimanere cèlibe piuttosto che giurare un amore che non avresti.

Ma sia che tu soltanto prolunghi il celibato, sia che tu vi rimanga per sèmpre, onoralo colle virtù che prescrive, e sappine apprezzare i vantaggi.

Sì, egli ha i suoi vantaggi. E quelli di ciascuna condizione in cui l'uòmo si tròvi, dèbbe riconoscerli ed apprezzarli, altrimenti ei si crederà ivi infelice o degradato, e scemerà in lui il coraggio d'operare con dignità.

La manìa di mostrarsi fremebondo sui disordini sociali, e l'opinione forse che giovi esagerarli affinchè si corrèggano, indusse spesso uòmini di veemènte facondia a vòlgere l'attenzione altrui sugli scandali dati da molti cèlibi, ed a gridare il celibato èssere contro natura, èssere un'enorme calamità, èssere la causa più potènte della depravazione dei pòpoli.

Non lasciarti esaltare da queste ipèrboli. Pur troppo gli scandali del celibato esistono. Ma anche dall'avere gli uòmini braccia e gambe, nasce scandolo di pugni e di calci; nè ciò vuòl per altro dire che braccia e gambe sieno pèssima còsa.

Coloro che affastèllano considerazioni sulla pretesa necessaria immoralità del celibato si facciano a computare i mali che derivano dal decidersi pel matrimònio senza inclinazione.

Alle brèvi follie delle nòzze succède la nòia, succède l'orrore di non più essere liberi, succède l'accòrgersi che la scelta fu precipitata, che le indoli sono inaccordabili. Dal rammarico reciproco, o d'una delle parti, provèngono gli sgarbi, le offese, le diuturne crudelissime amarezze. La donna, l'ènte più dolce e più generoso dei due, suòl èssere vittima della sventurata disarmonia, o dolorando sino alla mòrte, o – ciò ch'è pèggio – snaturandosi, perdèndo la sua bontà, dando luògo ad affetti in cui le sembra di trovare un compènso alla mancanza dell'amor coniugale, e che non le fruttano se non ignominia e rimòrso. Dai malaugurati matrimònii vèngono figliuòli i quali per prima scuòla hanno la indegna condotta del padre o della madre, o di ambo i genitori; figliuòli quindi pòco o malamente amati, poco o malamente provveduti d'educazione, senza ossèquio vèrso i parènti, senza tenerezza vèrso i fratèlli, senza nozioni di virtù domestiche, – le quali sono la base delle civili virtù!

Tutte queste cose sono così frequènti che basta aprire gli òcchi e si vedono. Nessuno mi dirà che io esageri.

Non nego i mali che avvèngono nel celibato, ma chiunque porrà mente a quegli altri mali, non sarà cèrto per tenerli minori e meco dirà d'infiniti maritàti: – «Oh non avessero mai pronunciato quel fatale giuramento!»

Gran parte dei mortali è chiamata al matrimonio, ma anche il celibato è in natura. Affliggersi se tutti non s'affaticano a procreare è ridicolaggine. Il celibato, quando viène elètto per buone ragioni ed osservato con onore, non ha nulla d'ignòbile. Degnissimo è anzi di rispètto, come qualunque spècie di ragionevole sacrificio, fatto per buòno scopo. Non imponèndo le cure di una famiglia, lascia a quelli maggior tèmpo e maggior vigore per consacrarsi ad alti studi o ad alti ministèri di religione; lascia a questi più mèzzi per sostenere famiglie di consanguinei che abbisognano di aiuto; lascia ad altri più libertà d'affezione per versarla su molti pòveri.

E tutto ciò non è forse bène? –

Queste riflessioni non sono inutili. Per abbandonare il celibato od abbracciarlo, bisogna sapere ciò che si abbraccia o si abbandona. Le parziali declinazioni travòlgono il giudizio.

CAPO DECIMONONO.

Onore alla dònna.

Il vile beffardo cinismo è il gènio della volgarità, il Satana, foggiante sèmpre calunnie al gènere umano; per trarlo a ridere della virtù e calpestarla. Ei raccoglie tutti i fatti che disonorano l'altare, e dissimulando i fatti opposti, grida: – «Che Dio? che influènza benèfica del sacerdòzio e dell'istruzione religiosa? Chimère di fanatici!» – Ei raccòglie tutti i fatti che disonorano la politica e grida: – «Che leggi? che ordine civile? che onore? che patriotismo? tutto è guèrra di astuti e di fòrti nella parte che règge o v'aspira, ed imbecillità in quella che obbedisce!» – Ei raccòglie tutti i fatti che disonorano il celibato, il matrimònio, la paternità, la maternità, lo stato di figlio, di consanguineo, d'amico, e grida con infame tripudio: – «Ho scopèrto essere tutto egoismo, impostura, furore di sènsi, disamore e disprèzzo reciproco!»

Frutti di questa infernale e bugiarda sapiènza sono appunto egoismo, impostura, furore di sènsi; disamore e disprèzzo reciproco.

Come mai il gènio turpe della volgarità, ch'è dissacratore d'ogni egrègia cosa, non sarèbbe supremamente nemico delle virtù della dònna ed ansio d'avvilirla?

In tutti i sècoli ei s'è sbracciato a dipingerla abbiètta, a non riconoscere in lèi se non invidie, artifizii, incostanze, vanità; a negarle il sacro fuòco dell'amicizia e l'incorruttibilità dell'amore. Ogni dònna di qualche prègio fu considerata un'eccezione.

Ma le tendènze generose dell'umanità protèssero la dònna. Il cristianesimo la rialzò, vietando la poligamia e gli amori inonèsti, ed offerèndo, dopo l'uòmo-Dio, per prima creatura umana, superiore a tutti i santi ed agli angioli stessi, una dònna!

La società modèrna sentì l'influsso di questo spirito di gentilezza. In mèzzo alla barbarie, la cavalleria fu abbellita dal culto elegante dell'amore; e noi cristiani inciviliti, noi figli della cavalleria, non teniamo per educato se non l'uòmo che onora il sèsso della mansuetudine, delle casalinghe virtù e delle grazie.

Nondimeno l'antico avversario dei nòbili affetti e della dònna è rimasto nel mondo. Ed avesse pur seguaci le sole menti non dirozzate, i soli infimi ingegni! ma deprava talvòlta ingegni splendidi, e sèmpre questa depravazione avviène laddove cèssa religione, sola santificatrice dell'uòmo.

Furono veduti filòsofi (così almeno si chiamavano) che in alcune ore si mostravano ardènti di zelo per la umanità, ed in altre ore, invasi da irreligione, dettavano carte oscène, smaniosi di suscitare l'ebbrezza dei sènsi con vituperevoli poèmi e romanzi, con ragionamenti e anèddoti e finzioni d'ogni sòrta.

Fu veduto il più affascinante dei letterati, Voltaire (anima che diède alcune testimonianze di buòne qualità, ma corrotta da basse passioni e dalla sfrenata scurrile vòglia di far ridere), comporre lietamente un lungo poèma a scherno del femminile onore, a scherno della più sublime eroina ch'abbia avuto la sua patria, della magnanima ed infelice Giovanna d'Arco. Madama di Staël chiama giustamente quel libro: un delitto di lèsa nazione.

Da uòmini oscuri e da cèlebri, da autori vivènti e da mòrti, dall'impudènza medesima di alcune dònne fattesi indegne del verecondo lor sèsso, da mille parti insomma ti sorgerà intorno frequentemente quel gènio della volgarità che dice: – Disprezza la donna!

Rigetta l'infame tentazione, o tu stesso, figlio della dònna, sarai disprezzevole. Allontana i tuòi passi da coloro che non onorano nella dònna la madre loro. Calpesta i libri che la vilipèndono, predicando scostumatezza. Sèrbati degno, per la tua nobile stima della dignità femminile, di protèggère colèi che ti diède la vita, di protèggere le tue sorelle, di protèggere forse un giorno tal creatura che acquisterà il sacro titolo di madre de' tuòi figli.

CAPO VIGESIMO.

Dignità dell'amore.

Onora la dònna, ma pavènta le seduzioni della sua bellezza e più ancora la seduzioni del tuo cuòre.

Felice te, se non t'affezionerai ardentemente ad alcun'altra, se non a quella che vorrai e potrai scegliere per compagna di tutta la tua vita!

Tièni libero il cuòre da ogni catena d'amore piuttosto che darlo in balia a dònna di pochi prègi. Un uòmo di non alti sentimenti potrèbb'èssere felice con essa; tu nol potresti. Tu abbisogni o di perpètua libertà o d'una compagna che corrisponda alla generosa idea che hai dell'umanità e particolarmente del sèsso donnesco.

Ella dèbb'èssere una di quelle anime elètte che intèndono eccelsamente il bèllo della religione e dell'amore. Bada di non foggiartela tale colla tua fantasia, mentr'ella infatti sia tutt'altra.

Se la tròvi siffatta; se la vedi ardere indubitatamente d'amore per Dio; se la vedi capace di nòbile entusiasmo per ogni virtù; se la vedi intènta ad oprare tutto il bène che ella può; se la vedi irreconciliabilmente nemica di tutte quelle azioni che sono moralmente basse; s'ella congiunge a tai mèriti un ingegno colto, senza alcun'ambizione di farlo comparire; se anzi, con tanto ingegno, ell'è la più umile delle donne; se tutte le sue paròle e tutti i suòi atti spirano bontà, elegante naturalezza, elevazione di sentimenti, fòrte volontà ne' suoi doveri, attenzione a non affliggere alcuno, a consolare chi sta afflitto, a servirsi de' suoi incanti per nobilitare i pensièri altrui, – allora amala di grande amore, di un amore degno di lèi!

Ti sia quasi un angelo tutelare; ti sia quasi una viva espressione del comando divino per allontanarti da ogni viltà, per sospingerti ad ogni òpera gentile. In tutto ciò che imprèndi, pensa a meritare la sua approvazione, pènsa a fare che la sua bèll'anima sia contènta d'averti per amico, pènsa ad onorarla, non innanzi agli uòmini – il che poco impòrta, – ma innanzi all'òcchio onniveggènte di Dio.

Se quella dònna è d'animo sì alto e sì fedele alla religione, il tuo grande amore per lèi non sarà un eccèsso, non sarà un'idolatria. Tu l'amerai appunto perchè i suòi voleri saranno in perfètta armonia con quelli di Dio; ammirando gli uni, ammirerai gli altri, o piuttosto saranno sèmpre quelli di Lui che ammirerai. A segno che, se fosse possibile che i voleri di essa diventassero contrarii a quelli di Dio, il delizioso incantesimo si sciorrèbbe; tu più non l'ameresti.

Questo nobilissimo amore è tenuto per chimerico da molte anime volgari, da quelle che non hanno idèa di dònna elevata. Compiangi la loro bassa sapiènza. Gli innamoramenti puri e fortemente eccitatori di virtù sono possibili; esistono, benchè rari. E gli uòmini dovrèbbero dire: – O quelli, o nessuno.

CAPO VIGESIMOPRIMO.

Amori biasimevoli.

Ma bada, te lo ripèto, a non immaginarti ammirabile per virtù una dònna che tal non sia. Allora egli è quel che chiamasi amore romanzesco; egli è un amore ridicolo e pregiudicevole; egli è un prodigare indegnamente il cuòre innanzi a vano idolo.

La dònna stimabile ed anzi in sommo grado stimabile esiste, sì, sulla tèrra; ma esistono pure, ed in gran numero, quelle che l'educazione, i mali esèmpi altrui e la pròpria leggerezza hanno guastate, quelle che non sèppero innalzarsi fino ad apprezzare solamente i voti dell'uòmo virtuoso, quelle che più gòdono d'essere vagheggiate per la loro bellezza e pel brio del loro spirito che di meritare amore per la nobiltà de' loro sentimenti.

Ma dònne così imperfètte sògliono èssere pericolosissime, e più pericolose di quelle affatto vili. Seducono non colla sola loro leggiadria e colle studiate loro arti, ma anche spesso con alcune virtù, colla speranza che fanno nascere che in esse prevalga il buòno al cattivo. Non accògliere questa speranza quando vedi in esse molta vanità od altri gravi difètti. Sii sevèro nel giudicarle; non già per dirne male, non già per esagerarti i loro tòrti, ma per fuggirle a tèmpo, se presumi che cadresti in un laccio poco degno.

Quanto più sèi amante per indole e disposto a venerare la dònna meritevole, tanto più dèi farti un obbligarti di non appagarti di virtù mediòcri in una dònna, per dare il titolo d'amica.

I giovani scostumati e le loro pari si burleranno di te, ti appelleranno altèro, selvaggio, pinzòchero. Non impòrta; sprèzza i loro giudizii. Non èssere nè altèro nè selvaggio nè pinzochero, ma non prostituire mai i tuoi affètti; sii fermo a serbar libero il tuo cuòre, od a farne omaggio a tal dònna sola che abbia pièno diritto alla sua stima.

Chi ama egrègia dònna non pèrde il tèmpo a corteggiarla servilmente, a pascerla d'adulazioni e di vani sospiri. Ella ciò non soffrirebbe. Ella vergognerèbbesi d'avere per amante un ozioso, uno sdolcinato; ella non sa apprezzare se non l'amicizia dell'uòmo schiètto, dignitoso, meno sollecito di parlare d'amore che di piacerle con lodevoli principii e lodevoli fatti.

La dònna che tòllera l'uòmo puerilmente schiavo a' suoi pièdi, piegato a soffrire con bassezza mille capricci di lèi, non occupato d'altro che d'affettate elegànze e d'amorose smòrfie, ben dà a divedere d'aver poco elevata idèa di lui e di sè medesima. E colui che in tal vita si compiace, colui che ama senza nòbile scòpo, senza lo scòpo di diventar migliore rendèndo omaggio ad una gran virtù, colui sciupa miseramente ingegno e cuòre, e sarà difficile che gli rèsti alquanto d'energia da fare mai più alcun che di buòno nel mondo. Non parlo delle femmine di costumi pèssimi: l'uomo onesto ne inorridisce; e non fuggirle è grande ignominia.

Quando una dònna ti sia sembrata degna del tuo amore, non abbandonarti a sospetti, a gelosie, all'indiscreta pretensione d'èssere follemente idolatrato.

Scegli bène, e pòi ama senza tormentar te e la tua elètta con molèste smanie, senza turbarti se non è cieca all'amabilità altrui, senza esigere che spasimi di tenerezza per te.

Siile devoto per èssere giusto, per tributare ammirazione e gentile servitù ad un merito sommo, per innalzarti ad una creatura che t'appare elevatissima; non affinchè ella spinga l'amor suo per te ad un grado maggiore di quello che può dimostrarti.

I gelosi, i fremènti per la rabbia di non èssere abbastanza amati, sono veri tiranni. Piuttosto che divenir malvagio per qualunque piacere, dèesi rinunciare a quel piacere: piuttosto che divenir tiranno, o cadere in qualunque altra indegnità per amore, rinuncia all'amore.

CAPO VIGESIMOSECONDO.

Rispètto a fanciulle e mogli altrui.

Sia che tu rimanga cèlibe o ti mariti, abbi gran rispetto dello stato virgineo o del matrimonio.

Nulla di più dilicato dell'innocènza e della riputazione d'una fanciulla: non permetterti con alcuna di esse la minima libertà di manière o di paròle che pòssa dare alcuna profanazione a' suoi pensièri nè alcun turbamento al suo cuòre. Non permetterti, nè parlando ad una fanciulla nè lontano da lèi, alcun detto che pòssa da altrui farla presumere d'animo leggèro e facile ad invaghirsi. Le più tènui apparènze bastano a scemare ad una giovine il suo decòro, a destare contro lèi la calunnia, a farla forse mancare un matrimonio che l'avrebbe resa felice.

Se ti sentissi palpitare d'amore per una fanciulla e non potessi aspirare alla sua mano, non palesarle la tua fiamma, nascondigliela anzi con ogni cura. Sapèndo d'essere amata, potrebbe accendersi per te e divenire quindi vittima d'una sventurata passione.

Se t'accorgessi d'avere inspirato amore ad una fanciulla che tu non volessi o non potessi sposare, abbi eguale attenzione alla sua pace ed alla sua conveniènza; cèssa affatto di vederla. Compiacersi d'aver mòsso in una misera innocènte un delirio che non può fruttarle se non afflizione e vergogna è la più scellerata delle vanità.

Colle dònne maritate non èssere meno guardingo. Un tuo fòlle amore per alcuna d'esse, od un fòlle amore di alcuna d'esse per te, potrebbe trarvi a grande sventura, a grande ignominia. Tu vi perderesti meno di lèi, ma appunto pensando quanto maggiormente pèrda una dònna la quale si esponga a meritare la disistima del marito e di sè medesima, appunto pensando ciò, se sèi generoso, trèma del suo pericolo, non lasciarvela un istante, tronca un amore che Dio e le leggi condannano. Il tuo cuòre e quello dell'amata sanguineranno dividèndosi; non impòrta. La virtù còsta sacrificii; chi non sa compirli è un vile.

Fra dònna maritata ed uòmo che non siale marito non può èsservi incolpevolmente altra intima relazione che una gara di giusta stima fondata sopra conoscimento di vere virtù; fondata sulla persuasione che siavi d'ambe le parti, prima d'ogni altro amore, un amore saldo dei pròpri doveri. Abbòrri come somma immoralità il rapire ad uno spòso gli affetti di sua moglie. S'egli è degno d'essere amato da lèi, la tua perfidia è un delitto atroce. Se non è marito stimabile, le colpe di lui non t'autorizzano a degradare la infelice che gli è compagna. Per la moglie d'un cattivo marito non v'è scelta: ella dee rassegnarsi a tollerarlo ed èssergli fedele. Colui che, sotto il pretèsto di volerla consolare, la tragge ad amore colpevole, è un crudele egoista. E se la intenzione di lui fosse anche pietosa, questa è pietà illusoria, funèsta, riprovevole. Innamorando quella dònna, aumenteresti la sua infelicità: aggiungeresti all'angòscia sua d'avere un marito non amabile quella d'odiarlo sèmpre più amando te ed esagerandosi i tuoi prègi: v'aggiungeresti forse tutti i tormenti della gelosia di suo marito, v'aggiungeresti la straziante consapevolezza in lèi d'essere rèa. La dònna mal maritata non può avere altrimenti pace, se non mantenendosi irreprensibile. Chi le promette un'altra pace, mentiste e la trascina nel dolore.

Vèrso le dònne che ti saranno care per le loro virtù, bada, quanto vèrso le fanciulle, a non far nascere ingiuriosi sospètti a cagione dell'amicizia che avrai per loro. Sii circospètto nel mòdo con che di esse parlerai ad uòmini usi ad abbiètti giudizii. Essi accòrdano sempre le supposizioni colla perversità del pròprio cuòre. Infedeli intèrpreti di ciò che vien loro detto, danno un cattivo sènso ai discorsi più semplici, ai fatti più innocènti; sognano mistèro ove non havvene alcuno. Niuna cura è soverchia per mantenere illibata la fama d'una dònna. Questa fama, dopo l'intrinseca sua onestà, è il più bèl pregio di lèi. Chi non è gelosissimo di conservargliela, chi ha la viltà di compiacersi ch'altri suppongano in una dònna qualche debolezza per lui, è assolutamente un indegno che meriterebbe d'èssere espulso da ogni buòna compagnia.

CAPO VIGESIMOTERZO.

Matrimonio.

Se l'inclinazione del tuo cuòre e le conveniènze ti detèrminano pel matrimònio, mòvi all'altare con pensièri santi, con vero proponimento di rèndere felice colèi che t'affida la cura de' suòi giorni, colèi che abbandona il nome de' suòi padri per prèndere il tuo, colèi che ti preferisce a tutto ciò ch'ebbe fino allora di caro, e che spèrà per te dar vita a nuòve creature intelligènti, chiamate a possedere Iddio.

Misera pròva dell'incostanza umana! La più parte dei matrimònii si stringono per amore, s'accompagnano di pensièri solènni, si sanciscono con tutta la volontà di benedirli sino alla mòrte e due anni di pòi l'unita coppia si disama, si tollera con pena, si offènde con reciproci rimpròveri, con trascurare mutuamente d'esser gentile.

Donde ciò? Prima di tutto, dall'èssersi coloro che si maritano troppo mal conosciuti prima delle nòzze. Va cauto nella scelta, assicùrati delle buòne qualità dell'amata, o sèi perduto. Pòscia il disamore deriva dalla vigliaccheria di cèdere alle tentazioni dell'incostanza; dal non èssere attènto a dire ogni giorno a sè medesimo; «Il proponimento che feci èra debito, vòglio èssere saldo a mantenerlo!»

Qui, come in ogni altra circostanza della vita, bada che la facilità a mutarsi in male è grande nell'uomo; bada che ciò che fa spregevole l'uomo non è mai altro che la mancanza di fòrte volontà; bada che ciò che più rènde pièna di turpitudini e di sciagure la società si è il non aver carattere fermo.

Un matrimònio può solo èssere felice a questo patto; ciascun de' due spòsi dèe prescriversi per primo dovere questa inalterabile risoluzione: «Voglio amare ed onorare per sèmpre il cuòre cui ho data padronanza sul mio.»

Se la scelta fu buòna, se un de' cuòri già non èra pervèrso, non è vero che pòssa pervertirsi e divenire ingrato allorchè l'altro lo colma di soavi attenzioni e di generoso amore.

Non s'è mai veduto un marito non colpevole d'indegna rozzezza vèrso la moglie, od almeno d'indegne negligènze, ovvero d'altri vizi, il quale, se a lèi fu caro una vòlta, abbia cessato d'èsserle tale.

L'anima della dònna è naturalmente dolce, riconoscènte, disposta ad amare in suprèmo grado quell'uòmo ch'è costante in amarla ed in meritare la sua stima. Ma perch'ella è molto sensitiva, si sdegna agevolmente della inamabilità del marito e di tutti i torti che pòssono degradarlo. E questo sdegno può spingerla ad invincibile antipatia ed a tutti gli errori che ne conseguono. La sventurata sarà grandemente rèa allora, ma cagione di sue colpe sarà di certo il marito.

Indelèbile in te sia questa persuasione: – Niuna dònna la quale èra buòna il giorno delle nòzze, pèrde la sua bòntà in compagnia d'uno spòso che continui ad aver diritto all'amor suo.

Per avere durevolmente diritto all'amore di una spòsa, bisogna non diminuire di pregi ai suoi sguardi; bisogna che l'intimità coniugale nulla tòlga al marito della riverènza e della cortesia ch'ei prima di condurla all'altare le dimostrava; bisogna ch'egli nè divènti a lèi scioccamente sèrvo e sia incapace di corrèggerla, nè le faccia sentire dispòtica autorità e la corrègga con asprezza; bisogna ch'ella abbia donde prendere alto concètto del senno e della rettitudine di lui; bisogna ch'ella pòssa gloriarsi d'essergli consorte e dipèndente; bisogna che la dipendènza in ch'ella è verso lo spòso non sia imposta dall'alterezza di lui, ma voluta da essa per amore, per sentimento della vera dignità di lui e di sè.

L'òttima scelta che potrai aver fatta d'una dònna e la certezza che avrai d'eminenti virtù che l'adornino non t'inducano a riputare meno necessaria per parte sua un'incessante attenzione ad èssere amabile ai suoi sguardi; non dire: «Ell'è sì perfetta che mi perdona tutti i miei tòrti; non occorre studiare di farmele caro; ella m'ama sèmpre egualmente.»

Come? perchè tanta è la sua bontà, sarai meno industre a piacerle? Non farti illusione; appunto perchè il suo animo è squisito, l'incuria, l'ineleganza, lo sgarbo, le saranno còse più affliggènti, più disgustose. Quanto maggiore è la gentilezza delle sue manière e de' suòi sentimenti, tanto maggiore è in lei il bisogno di ritrovarla eguale in te. Se non la tròva, se ti vede passare dalla seducènte cortesia d'un innamorato all'insultante trascuratezza d'un cattivo marito, ella per virtù si sforzerà lungamente d'amarti malgrado la tua indegnità, ma lo sforzo sarà vano. Ti perdonerà, ma non ti amerà più, e sarà infelice. Guai allora se la sua virtù non fosse a tutta pròva, ed un altr'uòmo le piacesse. Il suo cuore, da te non abbastanza apprezzato, da te mal custodito, potrebbe èssere preda d'una passione colpevole, d'una passione funèsta alla sua pace, alla tua, a quella de' figli!

Molti mariti sono in questo caso, e le mogli ch'essi maledicono èrano virtuose. Le misere traviarono perchè non erano amate.

Dato ad una dònna il sacro titolo di spòsa, tu devi consecrarti al suo bène, com'ella dèe consecrarsi al tuo; ma l'obbligo che a te incumbe è maggiore, perch'ella è creatura più debole, e tu, siccome fòrte, le sèi maggiormente debitore d'ogni buon esempio e di ogni aiuto.

CAPO VIGESIMOQUARTO.

Amor paterno. – Amore all'infanzia e alla gioventù.

Far dono di buòni cittadini alla patria, far dono allo stesso Iddio di spiriti degni di lui, sarà il tuo incarico, se avrai figliuòli. Incarico sublime! Chi l'assume e lo tradisce è il maggiore nemico della patria e d'Iddio.

Non occorre enumerare quali sieno le virtù di un padre; tu le avrai tutte, se sarai stato buon figlio e buon marito. I cattivi padri furono tutti figli ingrati e mariti ignòbili.

Ma anche prima d'aver pròle, anche se tu non dèbba averne mai, ingentilisci l'animo tuo col dolce sentimento dell'amor patèrno. Ogni uòmo dèe nutrirlo, volgèndolo vèrso tutti i fanciulli, vèrso tutti i giovani.

Guarda con qualche amore quella parte novèlla della società, guardala con grande riverenza.

Ognuno che sprèzzi o addolori ingiustamente l'infanzia, se non è pervèrso, lo divènta. L'uomo non attentissimo a rispettare l'innocenza d'un bambino, a non insegnargli il male, a vegliare ch'altri non gliel'insegni, a procacciare che s'infiammi di solo amore per la virtù, può essere la causa che quel bambino diverrà un mostro. Ma perchè sostituire men valide paròle a quelle terribili e santissime pronunciate dall'adorabile amico de' fanciulli, il Redentore? – «Chi riceve, dic'egli, un pargolo tale in nome mio, riceve me. Ma chi avrà scandalezzato uno di questi piccioletti che in me credono, sarebbe mèglio che gli fosse stata appesa una màcina al collo e fosse stato gettato nel profondo del mare!»

Coloro che ti sono di non pòchi anni minore d'età, coloro sui quali per tal ragione il tuo esèmpio e la tua voce pòssono èssere autorevoli, considerali tutti come figliuòli; trattali con quel misto d'indulgenza e di zelo ch'è atto ad allontanarli dal male ed a spronarli al bène.

L'infanzia è di natura imitatrice; se gli adulti che circondano un fanciullo sono pii, dignitosi, amabili, il fanciullo si invaghirà d'èsser tale e tal sarà. Se gli adulti sono irreligiosi, abbiètti, malèvoli, il fanciullo sarà pessimo come loro.

Anche co' bambini e co' giovanetti che non vedi di frequènte ed a' quali forse avrai solo occasione di parlare una vòlta nella vita mòstrati buòno; di' loro, se t'occorre, una paròla feconda di virtù. Quella paròla tua, quel tuo onèsto sguardo potrà ritrarli da un pensièro basso, potrà invogliarli di meritare la stima degli uòmini dabbène.

Se un giovine di bèlle speranze pone in te la sua fiducia, siigli generoso amico, soccorrigli con rètti e forti consigli, non adularlo mai, applaudi sì alle sue lodevoli azioni, ma ritiralo con vigoroso biasimo dalle indegne.

Se vedi un giovine vòlgere al vizio, quando pure tu non avessi intrinsichezza con lui, non isdegnare, ove tu n'abbia l'opportunità, di pòrgergli la mano per salvarlo. Talvolta quel giovine che prènde la malvagia strada non abbisognerebbe che d'un grido, d'un cenno per vergognarsene e retrocèdere alla strada buòna.

Qual sarà l'educazione morale da darsi ai figli tuoi? Noi capiresti, se non l'acquisti egrègia tu medesimo. Acquistala, e la darai eguale.

CAPO VIGESIMOQUINTO.

Delle ricchezze.

Religione e filosofia lòdano la povertà quand'è virtuosa, e l'antepongono grandemente all'irrequieto amore delle ricchezze. Nondimeno concèdono potere un uòmo èsser ricco ed avere egual mèrito di quegli òttimi che sono pòveri.

Non abbisogna per ciò se non ch'ei non sia schiavo delle sue ricchezze; ch'ei non le procacci nè le conservi per farne mal uso; ch'egli anzi null'altro vòglia, fuorchè farne uso giovevole a' suòi simili.

Onore a tutte le onèste condizioni umane e quindi ai ricchi! – purchè rivòlgano la loro prosperità a benefizio di molti: purchè i godimenti ed il fasto non li facciano pigri e supèrbi.

Tu verisimilmente rimarrai nella sòrte in cui nascesti: funge dalla grande opulènza come dalla povertà. Non appiglisi mai a te quel basso òdio che rode sovènte i meno ricchi ed i pòveri vèrso i più ricchi. È un òdio che suòl prèndere la gravità del linguaggio filosofico; sono calde declamazioni contro il lusso, contro l'ingiustizia delle sproporzionate fortune, contro l'arroganza de' felici potènti; è una sete apparentemente magnanima d'eguaglianza, di sollièvo a tante miserie dell'umanità. Tutto ciò non t'illuda, sebbène t'avvènga di udirlo da gènte di qualche grido, e tu lo lègga in cènto eloquentissimi pedanti che mèrcano l'applauso delle turbe, adulandole. In quei frèmiti v'è più invidia, ignoranza e calunnia che zèlo pel giusto.

L'ineguaglianza delle fortune è inevitabile, e ne derivano mali e bèni. Chi tanto maledice il ricco si metterebbe volentièri al suo posto: tanto fa che rimanga nell'opulènza chi vi si tròva. Pochissimi sono quei ricchi che non ispèndono il loro òro; e spendèndolo, diventano tutti in migliaia di guise, con più o meno mèrito, ed anche talvòlta senza mèrito, cooperatori del bèn pubblico. Danno mòto al commèrcio, allo ingentilimento del gusto, alla gara delle arti, alle infinite speranze di chi vuòl fuggire la povertà mediante l'industria.

Non saper vedere in essi che òzio, mollezza, inutilità è stolta caricatura. Se l'òro impigrisce gli uni, spinge gli altri a degne azioni. Non v'è città colta del mondo dove i ricchi non abbiano fondato e non conservino istituti importanti di beneficènza; non v'è luogo alcuno dove non sieno, e per associazioni ed individualmente, i sostenitori del misero.

Guardali quindi senza ira, come senza invidia, e non ripetere le denigrazioni del volgo. Non èssere nè sdegnoso nè vile vèrso di loro, siccome non vorresti che vèrso di te fosse sdegnoso o vile chi è meno ricco di te.

Di que' mezzi di fortuna che hai, sii saviamente ecònomo; fuggi egualmente l'avarizia che incrudelisce il cuòre e mutila t'intellètto, e la prodigalità che guida a vergognosi imprestiti ed a non lodevoli stènti.

Tèndere ad aumentare le ricchezze è lecito, ma senza turpe anèlito, senza immoderate inquietudini, senza tralasciar di ricordarsi che da esse non dipènde il vero onore e la vera felicità, ma sì dall'èssere nòbile d'animo innanzi a Dio ed al pròssimo.

Se cresci di prosperità, cresci a proporzione di beneficènza. L'èssere ricco può andare unito a tutte le virtù, ma l'èssere ricco egoista è vera scelleratezza. Chi ha molto, dee dar molto; non v'è scampo da tal sacro dovere.

Non negare aiuto al mendico, ma non sia questa la tua sola elemòsina: grande ed assennata elemòsina si è il provvedere a' pòveri più onèsto mòdo di vivere che mendicando; cioè il dare alle divèrse arti, tanto comuni quanto gentili, lavoro e pane.

Pènsa talora che impreveduti evènti potrebbero spogliarti del retaggio de' tuòi avi e gettarti nella misèria. Troppi rovesciamenti siffatti accaddero sotto i nòstri òcchi; niun ricco può dire: «Non morrò nell'esiglio e nella sventura.»

Gòdi le tue ricchezze con quella generosa indipendènza da esse che i filòsofi della Chièsa col Vangelo chiamano: Povertà di spirito.

Voltaire ne' suoi momenti di scurrilità ha finto di credere che la povertà di spirito raccomandata dal Vangèlo fosse la sciocchezza. Ma invece è la virtù di mantenere, anche nelle ricchezze, uno spirito umile e non nemico della povertà, non incapace di tollerarla se venisse, non incapace di rispettarla in altrui. Virtù che esige tutt'altro che sciocchezza; virtù che non può scaturire se non da elevazione d'animo e sapiènza

«Vuòi tu coltivare l'anima tua? dice Sèneca; vivi pòvero, o come se povero tu fossi.»

Nel caso che tu cadessi in miseria, non pèrder coraggio. Fatica per vivere e senza vergognarti. Il bisognoso può èssere uòmo stimabile quanto colui che lo aiuta. Ma allora sappi rinunziare di buòna grazia alle consuetudini della ricchezza: non offerite il ridicolo e misèrando spettacolo d'un pòvero supèrbo che non vuole assumere queste virtù sommamente conveniènti al pòvero: ma una dignitosa umiltà, una stretta economia, una paziènza invitta nel lavoro, una amabile serenità di mente ad onta dell'avvèrsa fortuna.

CAPO VIGESIMOSESTO.

Rispètto alla sventura. – Beneficènza.

Onore a tutte le onèste condizioni umane e quindì ai pòveri! purchè rivolgano la loro sventura al miglioramento di sè stessi, purchè non presumano che il patire li autorizzi ai vizi e alla malevolènza.

Tuttavia non èssere rigoroso nel giudicarli. Abbi pietà anche de' pòveri in cui prevalgano talora impaziènza e rabbia. Pensa èssere durissima còsa il patire stènti in una via od in un tugurio, mentre a pòchi passi dell'addolorato passano uòmini egregiamente vestiti e pasciuti. Perdonagli se ha debolezza di mirarti con livore, soccorri al suo bisogno, purchè è uòmo.

Abbi rispètto alla sventura in tutti coloro che ne sòffrono gli strali, se anche non giacciano in assoluta indigènza, se anche non ti dimandino alcun aiuto.

Ognuno che viva senza agi e faticando, e sia in istato d'inferiorità vèrso te, vènga da te guardato con affettuosa compassione. Non fargli sentire con arroganti mòdi la differènza della tua fortuna. Non umiliarlo con aspre paròle, nemmeno quando ti spiaccia per qualche sua rozzezza od altro difetto.

Nulla è consolante per l'infelice come di vedersi trattato con amorevole riguardo da' suòi superiori: il cuore gli si empie di gratitudine; ed allora ei capisce perchè il ricco sia ricco, e gli perdona la prosperità perchè ne lo giudica degno.

I padroni sprezzanti e brutali sono tutti odiati, per quanto paghino bène i loro sèrvi.

Farti odiare dagli inferiori è grande immoralità: 1. Perchè sèi allora malvagio tu stesso; 2. Perchè, invece di sollevare le loro afflizioni, le accresci; 3. Perchè li avvezzi a servirti slealmente, ad abborrire la dipendenza, a maledire tutta la classe dei più fortunati di loro. E siccome è giusto che tutti abbiano quanta più felicità è possibile, colui che non è basso in grado dèe procacciare che gli inferiori non trovino incomportevole lo stato loro, ma anzi lo amino, perchè non disprezzato, perchè sparso d'onèsti confòrti dal ricco.

Sii liberale in ogni genere di sovvenimento a chi ne abbisogna: – di danari e protezione quando puoi – di consigli negli incontri opportuni, – di buòne maniere e di buoni esempi sèmpre.

Ma principalmente se tu vedi il mèrito opprèsso, ti adòpera con tutte le fòrze a rialzarlo: o se ciò non può, t'adòpra almeno a consolarlo ed a rèndergli onore.

Arrossire di mostrare stima al disgraziato onèsto è la più indegna delle viltà. La troverai pur tròppo comune; sii tanto più vigilante a non lasciarti infettare da essa mai.

Quand'uno è infelice, i più propèndono a dargli tòrto, a supporre che i suòi nemici abbiano donde vilipenderlo e tormentarlo. Se quegli scagliano una calunnia per giustificar sè ed infamar lui, quella calunnia, avesse pur tutte le inverisimiglianze, suòl venire accòlta e ripetuta crudelmente. I pòchi che s'affaticano a dissiparla son di rado ascoltati. Sembra che la maggiorità degli uòmini sia felice quando può credere al male.

Abbi orrore di quella sciagurata tendènza. Laddove suònano accuse, non isdegnare d'ascoltare le difese. E s'anco difese non s'òdano, sii tu medesimo tanto generoso da congetturarne alcuna. Non prestar fede alla colpa, se non quando è manifèsta; ma bada che tutti coloro che odiano, pretendono èssere manifesta più di una colpa che tale non è. Se vuòi essere giusto, non odiare: la giustizia degli odianti è rabbia di farisèi.

Dacchè la sventura ha colpito uno, fosse egli stato tuo nemico, foss' egli stato un devastatore della tua patria, guardare con supèrbo trionfo la sua miseria è villania. Se opportunità lo richiède, parla de' suoi torti, ma con meno veemènza che nel tèmpo della sua prosperità; parlane anzi con pia attenzione di non esagerarli, di non separarli dai meriti che in quel mortale pur brillarono.

Bèlla è sèmpre la pietà vèrso gli infelici; sino vèrso i rèi. La legge può aver diritto di condannarli; l'uòmo non ha mai diritto d'esultare del lor dolore nè di dipingerli con colori più neri del vero.

L'abitudine della pietà ti rènderà talvolta benigno a gènte ingrata. Non desumere sdegnosamente che tutti sieno ingrati; non tralasciare d'èssere benigno. Fra molti ingrati v'è pur l'uomo riconoscènte, degno de' tuòi benefizii. Non avresti fatto cadere su lui questi benefizii, se tu non ne avessi gettato a parecchi. Le benedizioni di quell'uno ti compenseranno dell'ingratitudine d'altri dièci.

Inoltre, non trovassi tu mai riconoscenza, là bontà del tuo cuòre ti sarà prèmio. Non v'è dolcezza maggiore che nell'essere misericòrde e procacciar di sollevare la sventura altrui. Ella supera di gran lunga la dolcezza di ricevere aiuto; perocchè nel riceverne non v'è virtù, e nel darne ve n'è molta.

Sii delicato con tutti nel beneficare, ma più colle persone più rispettabili, colle dònne timide e onèste, con coloro che sono novizii nel crudele tirocinio della povertà e spesso divorano in secreto le loro lacrime piuttosto che pronunciar l'angosciante parola: Ho bisogno di pane!

Oltre ciò che privatamente darai, senza che una mano sappia ciò che dà l'altra, come dice il Vangelo, t'unisci anche ad altre anime generose per moltiplicare i mezzi di giovare, per fondare buòne istituzioni e mantenere quelle che già sono.

Egli è pure un detto della religione questo: Providentes bona non tantum coram Deo, sed etiam coram omnibus hominibus (siate pròvvidi a far il bène non solo innanzi a Dio, ma anche alla vista degli uòmini) Paul. ad Rom. c. XII.

Havvi òttime còse che l'individuo solo non può fare e che in secreto non si pòssono. Ama le società di beneficènza e, se n'hai mòdo, promuòvile, scuòtile quando sono intorpidite, corrèggile quando sono falsate, non ti disanimare per le bèffe che gl'avari e gli inutili si fanno sèmpre di quelle anime operose le quali faticano a pro' dell'umanità.

CAPO VIGESIMOSETTIMO.

Stima del sapere.

Allorchè il tuo impiègo o le cure domèstiche non ti lasciano più gran tèmpo da consacrare ai libri, difènditi da un'inclinazione volgare che sògliono prèndere coloro che omai pòco o nulla più studiano: cioè d'abborrire tutto quel sapere che essi non hanno acquistato; di sorridere di ognuno che tènga in molto conto la coltura dell'ingegno; di desiderare, quasi bène sociale, la ignoranza.

Sprèzza il sapere falso; egli è malvagio: ma stima il vero sapere, che sèmpre è utile. Stimalo, sia che tu lo possègga, sia che tu non abbia potuto giungervi.

Anèla anzi ognora di farvi tu medesimo qualche progrèsso, o continuando a coltivare più singolarmente una sciènza, o almeno leggèndo buòni libri di vario gènere. Ad un uòmo di notevole condizione questo esercizio dell'intellètto è importante, non solo per l'onèsto piacere e l'istruzione che ei ne può trarre, ma perchè, avendo riputazione di colto amante dei lumi, acquisterà maggiore influenza per muòvere gli altri a far bène. L'invidia è troppo proclive a screditare l'uòmo rètto; se ella ha qualche ragione o pretèsto di chiamarlo ignorante o fautore d'ignoranza le stesse òttime còse ch'ei fa son vedute di mal òcchio dal volgo, denigrate, impedite a tutta pòssa.

La causa della religione, della patria, dell'onore richiède campioni fòrti, prima di virtuosi intènti, pòi di sapere e di gentilezza. Guai quando i malvagi possono dire con fondamento agli uòmini dabbène: «Voi non avete studiato e siète inamabili.»

Ma per conseguire credito di sapiènte, non fingere mai cognizioni che tu non possègga. Tutte le imposture sono turpitudini, ed anche l'ostentazione di saper ciò che non si sa. Inoltre non v'è impostore cui non cada tosto la maschera, ed allora è perduto.

Tutto il prègio in che il sapere è da tenersi non dève per altro farci idolatri di esso. Desideriamolo in noi e negli altri, ma se poco ci fu possibile d'acquistarne, consoliamocene e mostriamoci candidamente quali siamo. Le molte cognizioni sono buòne, ma ciò che finalmente più vale nell'uòmo si è la virtù; e questa per fortuna è suscettiva d'allearsi coll'ignoranza.

Così, se tu molto sai, non disprezzare perciò l'ignorante. Il sapere è come la ricchezza; egli è desiderabile per mèglio giovare altrui, ma chi non l'ha, potèndo tuttavia èssere buòn cittadino, ha diritto al rispètto.

Diffondi illuminati pensièri sulla classe poco educata. Ma quali sono dessi? Non quelli che sono atti a farne gènte sciola, sentenziosa e maligna. Non le oltrespinte declamazioni che piacciono tanto ne' drammi e nei romanzi volgari, ove sèmpre gl'infimi di grado sono dipinti come eròi, ed i maggiori come scellerati; ove tutta la pittura della società è falsata per farla abborrire; ove il ciabattino virtuoso è quello che dice insolènze al signore; ove il signore virtuoso è quello che spòsa la figlia del ciabattino; ove fino i masnadieri si rapprèsentano ammirabili affinchè paia esecrando chi non li ammira.

Gl'illuminati pensièri da diffondersi sugli ignoranti della bassa classe sono quelli che li presèrvano dall'errore e dall'esagerazione; quelli che, senza volerli fare vigliacchi adoratori di chi sa e può più di essi, imprimono in loro una nòbile disposizione al rispetto, alla benevolènza ed alla gratitudine; quelli che li allontanano dalle furènti e sciòcche idèe d'anarchia o di govèrno plebèo: quelli che insegnano loro ad esercitare con religiosa dignità gli oscuri ma onorevoli uffici cui la provvidènza li ha chiamati; quelli che persuadono loro èssere necessarie le disuguaglianze sociali, sebbène, se siamo virtuosi, riusciamo tutti eguàli innanzi a Dio.

CAPO VIGESIMOTTAVO.

Gentilezza.

Con tutti coloro coi quali t'occorre trattare usa gentilezza. Essa, dettandoti manière amorevoli, dispone veramente ad amare. Chi s'atteggia burbero, sospettoso, sprezzante, dispone sè a malevoli sentimenti. La scortesía produce quindi due gravi mali: quello di guastar l'animo a colui che l'esprime, e quello d'irritare od affliggere il pròssimo.

Ma non istudiarti soltanto d'èsser gentile di manière: procura che la gentilezza sia in tutte le tue immaginazioni, in tutte le tue volontà, in tutti gli affètti tuoi.

L'uòmo che non bada a liberarsi la mente dalle idèe ignobili, e spesso le accoglie, viène non di rado trascinato da esse ad azioni biasimevoli.

S'òdono uòmini anche di non vile condizione usare scherzi grossolani, a tener linguaggio inverecondo. Non imitarli. Il tuo linguaggio non abbia ricercata eleganza, ma sia puro d'ogni brutta volgarità, d'ognuna di quelle gòffe esclamazioni con che gli ineducati vanno intercalando il lor favellare, d'ognuno di que' motteggi scurrili con che vuòlsi da tròppi offèndere i costumi.

Ma la bellezza del favellare dèvi cominciare fin da giovane a proportela. Chi non la possède prima dei venticinque anni non l'acquista più. Non ricercata eleganza, te lo ripeto, ma paròle onèste, elevate, portanti negli àltri dolce allegria, consolazione, benevolènza, desidèrio di virtù.

La sovèrchia ineleganza nel parlare, nel lèggere uno scritto, nel presentarsi, nell'atteggiarsi, suòl meno provenire da incapacità di far mèglio che da vergognosa pigrizia; dal non voler badare al dovuto perfezionamento di sè ed al rispetto cui gli altri hanno diritto.

Ma facèndo a te medesimo un'obbligazione della gentilezza e sovvenèndoti ch'ella è un'obbligazione perchè dobbiamo operare in mòdo che la nòstra presènza non sia una calamità per alcuno, ma anzi un piacere ed un beneficio, non adirarti tuttavia contro i rozzi. Pènsa che talvòlta le gèmme sono avvòlte in fango. Sarèbbe mèglio che il fango non le lordasse, ma pure in quella umiliazione sono gèmme.

È gran parte di gentilezza il tollerare con instancabile sorriso simil gènte non meno che la schièra infinita dei noiosi e degli sciòcchi. Quando non v'ha occasione di giovar loro, è lecito scansarli, ma non si dèbbono mai scansare in guisa che s'accorgano di spiacerti. Ne sarèbbero addoloràti, o t'odierèbbero.

CAPO VIGESIMONONO.

Gratitudine.

Se siamo obbligati a pii sentimenti ed a manière benèvoli con tutti, quanto più verso quei generosi che ci dièdero pròva d'amore, di compassione, d'indulgènza!

Cominciando da' nòstri genitori, non siavi alcuno che, prestatoci qualche liberale aiuto in fatti od in consigli, ci tròvi pòco memori del benefizio.

Vèrso altri potremo talvòlta èsser rigidi nei nòstri giudizii e scarsi di gentilezza senza grave colpa; vèrso chi ci giovò, non c'è più lecito mai di preterire da infinite attenzioni per non offènderlo, per non recargli alcuna afflizione, per non diminuire la sua fama, per mostrarci anzi prontissimi a difènderlo ed a consolarlo.

Molti, quando colui che li beneficò prènde o sembra prèndere tròppo altèra opinione del pròprio mèrito vèrso essi, s'irritano come d'imperdonabile indiscretezza e vògliono che questa gli sciòlga dall'obbligazione di èsser grati. Molti, perchè hanno la viltà d'arrossire del beneficio avuto, sono ingegnosi in supporre cha sia stato fatto per intèresse, per ostentazione o per altro indegno motivo, e pènsano da ciò trarre scusa alla loro ingratitudine. Molti, allorchè sono in grado, s'accingono a restituire un benefizio per non aver più il peso della riconoscènza: ciò adempiuto, si credon incolpevoli dimenticando tutti i riguardi che quella impone.

Tutte le astuzie per giustificare l'ingratitudine sono vane: l'ingrato è un vile; e per non cadere in questa viltà, bisogna che la riconoscenza non sia scarsa, bisogna che assolutamente abbondi.

Se il benefattore insuperbisce dei vantaggi che ti portò, se non ha teco la delicatezza che vorresti, se non appare chiarissimo èssere stati generosi i motivi che lo spinsero a giovarti, a te non ispètta il condannarlo. Stèndi un velo sui veri o possibili suoi tòrti e mira soltanto il bène che avesti da lui. Mira questo bène, quand'anche tu lo avessi restituito a mille doppi.

Talvòlta è lecito d'èssere riconoscènte senza pubblicare il benefizio ricevuto; ma ogni vòlta che la cosciènza ti dice èsservi ragione per pubblicarlo, niuna bassa vergogna ti freni: confèssati obbligato all'amica dèstra che ti soccorse. Ringraziare senza testimonio, è spesso ingratitudine, dice l'egrègio moralista Blanchard.

Solamente chi è grato a tutti i benefizii (anche ai minimi) è buòno. La gratitudine è l'anima della religione, dell'amor filiale, dell'amore a quelli che ci amano, dell'amore alla società umana, dalla quale ci vengono tanta protezione e tante dolcezze.

Coltivando gratitudine per tutto ciò che di buòno riceviamo da Dio e dagli uòmini, acquistiamo maggior fòrza e pace per tollerare i mali della vita, e maggior disposizione all'indulgènza ed all'adoperarci in aiuto dei nòstri simili.

CAPO TRIGESIMO.

Umiltà, mansuetudine, perdono.

La supèrbia e l'ira non s'accordano colla gentilezza, e quindi non è gentile chi non ha l'abitudine d'èssere umile e mansuèto. «Se vi è sentimento che distrugga il disprèzzo insultante per gli altri, è l'umiltà certamente. Il disprèzzo nasce dal confronto con gli altri e dalla preferènza data a sè stesso: ora come questo sentimento potrà mai prendere radice nel cuòre educato a considerare e a deplorare le proprie miserie, a riconoscere da Dio ogni suo mèrito, a riconoscere che, se Dio non lo rattiène egli potrà trascorrere ad ogni male?» (Vedi Manzoni nel suo eccellente libro Sulla Morale Cattolica).

Reprimi continuamente i tuòi sdegni, o diverrai aspro ed orgoglioso. Se una giust'ira può èssere opportuna, ciò avviène in rarissimi casi. Chi la crede giusta ad ogni tratto, còpre con maschera di zèlo la pròpria malignità.

Questo difètto è spaventevolmente comune. Parla con venti uòmini a tu per tu; ne troverai diciannòve, ciascuno de' quali si sfogherà teco a dirti i pretesi generosi suòi frèmiti vèrso questo e quello. Tutti sembrano ardere di furore contro l'iniquità come se soli al mondo fossero rètti. Il paese ove stanno è sèmpre il peggiore della tèrra; gli anni in cui vivono sono sèmpre i più tristi; le istituzioni non mòsse da loro sono sèmpre le pèssime; colui che òdono parlare di religione e di morale è sèmpre un impostore, se un ricco non profonde l'òro, è sèmpre un avaro; se un pòvero patisce e dimanda, è sèmpre uno scialacquatore; se avvièn loro di beneficare alcuno, questi è sèmpre un ingrato. Maledire tutti gli individui che compongono la società, eccettuati per buon garbo alcuni amici, pare in generale una inapprezzabile voluttà.

E quel ch'è pèggio, quest'ira, or gittata ai lontani, or rovesciata sui vicini, suòl piacere a chiunque non sia l'immediato oggètto di essa. L'uomo fremènte e mordace vièn volontièri preso per generoso, il quale, se reggesse il mondo, sarebbe un eròe. Il mansueto invece suòl èssere mirato con isprezzante pietà, quasi imbecille o vigliacco.

Le virtù dell'umiltà e della mansuetudine non sono gloriose, ma tiènti ad esse, che valgono più d'ogni gloria. Le universali manifestazioni d'ira e d'orgoglio non pròvano altro che l'universale scarsità d'amore e di vera generosità, e l'universale ambizione di parer migliore degli altri.

Stabilisci d'èssere umile e mansuèto, ma sappi mostrare che non è imbecillità nè vigliaccheria. – In qual guisa? Perdèndo talvòlta paziènza e mostrando i dènti al malvagio? Vituperando con paròle od iscritti chi con paròle od iscritti calunnia te? – No; sdegna di rispondere a' tuòi calunniatori, ed eccettuate particolari circostanze ch'è impossibile determinare, non pèrdere paziènza col malvagio; non minacciarlo, non vilipènderlo. La dolcezza, quando è virtù e non impotènza d'enèrgico sentire, ha sèmpre ragione. Ella umilia più l'altrui supèrbia che non l'umilierèbbe la più fulminea eloquènza dell'ira e dello sprègio.

Mostra nello stesso tèmpo non èssere vigliacca, nè imbecille la tua mansuetudine, mantenèndoti dignitoso vèrso i malvagi, non plaudendo alla loro iniquità, non mercando i loro suffragi, non dipartèndoti dalla religione e dell'onore per tema del loro biasimo.

T'avvezza all'idèa d'aver nemici, ma non turbartene. Non v'è alcuno per quanto viva benèfico, sincèro, inoffensivo, che non ne conti parecchi. Certi sciagurati hanno talmente naturata in sè l'invidia che non pòssono stare senza vibrare scherni o false accuse contro chi gode qualche riputazione.

Abbi il coraggio d'èssere mansuèto e perdona di cuòre a quegl'infelici che o ti nuòcono o ti vorrèbbero nuòcere. «Perdona non sètte vòlte, disse il Salvatore, ma settanta vòlte sètte», cioè senza limite.

I duèlli e tutte le vendette sono indegni delirii. Il rancore è un misto d'orgoglio e di bassezza. Perdonando un tòrto ricevuto, si può cangiare un nemico in amico, un pervèrso in uòmo rèduce a nòbili sentimenti. O quanto è bèllo e consolante questo trionfo! Quanto supera in grandezza tutte le orribili vittòrie della vendetta!

E se un offensore da te perdonato fosse irreconciliabile e vivesse e morisse insultandoti, che hai tu perduto coll'èssere buòno? Non hai tu acquistato la maggiore delle gioie, quella di serbarti magnanimo?

CAPO TRIGESIMOPRIMO.

Coraggio.

Coraggio sèmpre! senza questa condizione, non vi è virtù. Coraggio per vincere il tuo egoismo e diventar benèfico; coraggio per vincere la tua pigrizia e proseguire in tutti gli studi onorevoli; coraggio per difèndere la patria e protèggere in ogni incontro il tuo simile; coraggio per resistere al mal esèmpio ed alla ingiusta derisione; coraggio per patire e malattie e stènti ed angòsce d'ogni spècie senza codardi lamenti; coraggio per anelare ad una perfezione cui non è possibile giungere sulla tèrra, ma alla quale se non aneliamo, secondo il sublime cenno del Vangèlo perderemo ogni nobiltà.

Per quanto ti sia caro il tuo patrimonio, l'onore, la vita, sii pronto ognora a sacrificar tutto al dovere, se tai sacrifizii egli esigesse. O questa abnegazione di sè, questa rinunzia ad ogni bène terrèstre piuttosto che mantenerlo al patto d'èssere iniquo; o l'uòmo non solo non è un eròe, ma può cangiarsi in mostro! Nemo enim justus esse potest qui mortem, qui dolorem, qui exilium, qui egestatem timet, aut qui ea quæ his sunt contraria æquitati anteponit (Cic. De Off. l. II, c. 9).

Vivere col cuòre distaccato dalle prosperità caduche sembra a taluni un'intimazione tròppo selvaggia ed ineseguibile. Nondimeno è vero che senza una tempestiva indifferènza a quella prosperità non sappiamo nè vivere nè morire degnamente.

Il coraggio dèbbe innalzar l'animo per imprèndere ogni virtù; ma bada che non traligni in supèrbia e feròcia.

Coloro che pènsano, o fingono pensare, il coraggio non potersi congiungere a' sentimenti miti; coloro che s'avvezzano a minacce da Rodomonte, a risse, a sete di disordini e di sangue, abusano della fòrza di volontà e di braccio che Dio aveva loro data per èssere utili ed esèmplari alla società. E solitamente questi sono i meno arditi ne' gravi perigli: per salvare sè medesimi tradirèbbero padre e fratèlli. I primi a disertare da un esercito sono quelli che si burlavano del pallore de' compagni ed insultavano villanamente al nemico.

CAPO TRIGESIMOSECONDO.

Alta idèa della vita, e fòrza di animo per morire.

Molti libri parlano delle morali obbligazioni in mòdo più esteso e più splendido; io non ho assunto, o giovane, se non d'offerirti un manuale che tutte brevemente te le ricòrdi.

Ora soggiungo: il peso di quelle obbligazioni non ci spavènti; agli infingardi soli pare incomportevole. Siamo di buona volontà, e scorgeremo in ciascun dovere una misteriosa bellezza che c'inviterà ad amarlo; sentiremo una potènza mirabile che aumenterà le nòstre fòrze a misura che ascenderemo nell'ardua via della virtù; troveremo che l'uòmo è assai dappiù di quel che sèmbra èssere, purchè vòglia, e vòglia gagliardamente, attingere l'alto scòpo della sua destinazione, – ch'è di purificarsi di tutte le vili tendènze, di coltivare nel massimo grado le òttime, d'elevarsi per tal guisa al possèsso immortale d'Iddio.

Ama la vita! ma amala non per volgari piaceri e per misere ambizioni. Amala perciò che ha d'importante, di grande, di divino! Amala perchè è palèstra del mèrito, cara all'Onnipotènte, gloriosa a lui, gloriosa, e necessaria a noi! Amala ad onta de' suòi dolori, ed anzi pe' suoi dolori, giacchè son essi che la nobilitano, essi che fanno germogliare, crescere e fecondare nello spirito dell'uòmo i generosi pensièri e le generose volontà!

Questa vita, cui tanta stima tu dèvi, sii memore èsserti data per brève tèmpo. Non dissiparla in sovèrchi divertimenti. Concèdi soltanto all'allegria ciò che vuòlsi per la tua salute e pel confòrto altrui. O piuttosto l'allegria sia da te posta in principal guisa nell'operare degnamente cioè nel servire con magnanima fratellanza a' tuoi simili, nel servire con filiale amore ed obbediènza a Dio. E finalmente, amando così la vita, pènsa alla tomba che t'aspètta. Dissimularsi la necessità di morire è debolezza che scema lo zelo del bène. Non affretterai per tua colpa quel punto solènne, ma non volerlo allontanare per viltà. Esponi i tuòi giorni per la salvezza altrui, s'è d'uòpo, e massimamente per la salvezza della tua patria. Qualunque spècie di mòrte ti sia destinata, sii pronto a riceverla con dignitosa forza ed a santificarla con tutta la sincerità e l'energia della fede. Tutto ciò osservando, sarai uòmo e cittadino nel più sublime sènso di queste paròle; sarai giovevole alla società e renderai felice te stesso.

FINE